クランツ竜騎士家の
箱入り令嬢2
箱から出たら竜に追いかけられています

クランツ竜騎士家の箱入り令嬢2

箱から出たら竜に追いかけられています

紫　月　恵　里

E R I S H I D U K I

一迅社文庫アイリス

CONTENTS

プロローグ 8

第一章　華やかな竜の帰還 10

第二章　竜騎士勧誘は遠慮します 64

第三章　奥庭の竜 142

第四章　竜は闇夜から告げる 179

第五章　満ち足りない竜の執念 231

エピローグ 281

あとがき 301

ジークヴァルド
竜たちの長である強い力を持つ
銀竜で、エステルの主竜。
人型は怜悧な顔立ちの美青年。
近寄りがたい雰囲気の持ち主。
番候補であるエステルに対して
過保護気味。
エステル・クランツ
17歳。竜騎士の名門の伯爵令嬢。
最強の銀竜ジークヴァルドの
竜騎士であり、彼の番(つがい)候補。
竜騎士だが高所恐怖症。
絵を描くことが大好き。

クリストフェル

ジークヴァルドの配下。黒い鱗と
黒い大きな巻き角を持つ雄竜。
おっとりとして知的。

ユリウス・クランツ

16歳。エステルの弟で、上位の竜で
あるセバスティアンと契約をした
竜騎士。シスコン気味。

セバスティアン

ユリウスの主竜。竜の中でも
上位の力を持つ若葉色の鱗の雄竜。
食欲旺盛で食い意地が張っている。

アレクシス

次期長と噂されていた上位の竜。
朱金の鱗と羊の角に似た
琥珀色の巻き角を持つ雄竜。

クランツ竜騎士家の箱入り令嬢2

箱から出たら竜に追いかけられています

イラストレーション◆椎名咲月

クランツ竜騎士家の箱入り令嬢2　箱から出たら竜に追いかけられています

A pet daughter of the Kranz Dragon Knightas

プロローグ

「竜騎士になれるのなら、お前はどの竜でもかまわないのだろう」

淡々とそう口にしながらも、ジークヴァルドがかすかに怒りを帯びた目を向けてくる。

どこか責められている気分になってくる声音に、エステルは憤慨したようにジークヴァルドの頬に触れた手に軽く力を込めた。

「憧れだった銀の竜の竜騎士になれたんですから、他の竜の竜騎士になんて今更なりたくありません。もったいない」

「もったいない？　どういうことだ」

不可解そうに眉を顰めたジークヴァルドに、エステルは苦笑した。

「もったいないですよ。だって、これから番の返事をするまでの一年間は必ずジークヴァルド様の竜騎士だった記憶があるんですから。そこに別の竜の竜騎士になった記憶を重ねるのはもったいないです。番にならないのなら、リンダールに帰ります」

楽しくて嬉しい記憶になるのか、苦しくて悲しい記憶になるのかまだわからないが、竜騎士の記憶、というのはジークヴァルドの竜騎士の時のものだけでいい。

はにかむように笑ってジークヴァルドを見つめると、目を見張っていたジークヴァルドがやんわりと抱きしめてきた。そうしたかと思うと、頬を挟んだエステルの片手に自分の手を添えて、頬をすり寄せてくる。

「俺だけの竜騎士でいたいと、そう言ってくれるのか」

柔らかく目を細めるジークヴァルドに、今更ながらじわじわと恥ずかしさがこみ上げてきた。

（手ーっ！　首をすり合わせるのが竜の愛情表現、って聞いたことがあるけれども、え、これはそうなの？　違うの？　あ、首じゃないから違う？　どっちにしろ、変わらない？　でもちょっと可愛い……。――可愛いって何よ!?）

耳まで赤くなっているのを自覚していたが、それでも放してほしいとは思わない自分に、なおさら羞恥が募る。

あの出会ったばかりの頃の冷徹な視線を向けてきた銀の竜はどこへ行ったのだろう。こんな風に間近で触れ合うことは絶対にさせなかったはずだ。

自分で招いた事態だというのにもかかわらず、動揺して内心で叫びまくっていたエステルは、ふと、今日は空にちょっとした異変を見つけた後から、やけにジークヴァルドとの距離が近い、と気づいてなおのこと頬を染めた。

すうっと朱金の線が【庭】の雲一つない蒼天を横切った。

(あれは……何？)

【塔】の庭園を足早に歩いていたエステルは、ふと誰かの視線を感じて空を振り仰ぎ、目にとまった光景に首を傾げた。

悠然と空を飛ぶ竜たちがちらほらといるが、彼らが日の光に照らされた姿ではない。反射したとしても、あんな風に姿かたちがまるで雲か綿を引き延ばしたかのように曖昧なものにはならないはずだ。

(でも雲じゃないわよね？　あんなにすぐに消えるわけがないし……)

今はもう跡形もなく、どこまでも青い空が見えるだけだ。なぜか妙に気にかかり、じっと上空を凝視していると、ふいにどん、と何かが背中にぶつかってきた。

「――っ!?」

『エステルーっ、ぽかんとお空見て、なにしてるの?』

舌ったらずな声と共にずしりと肩に重みを感じ、よろめきかけたエステルは慌てて足に力を込めた。持っていた蓋つきのバスケットを取り落とさなかったことに胸を撫で下ろし、苦笑しつつ肩越しに振り返る。そこにいたのは琥珀色の双眸を持った砂色の子竜だった。子竜に懐かれるのは慣れたといえば慣れたが、相変わらず力加減が難しいらしい子竜たちには度々転がされそうになっている。

「ちょっとおかしなものが見えた気がしたんですけれども……」

まるで猫のようにぐりぐりとエステルの頬に頭をこすりつけてくる砂色の子竜に微笑ましくなりながら、再び視線を空へと戻す。

やはり朱金の線などどこにも見当たらない。

『おかしなものって、何なんだ？』

別の声がしたかと思うと、エステルを覗き込むように横から首を出してきたのは、空色に輝く鱗を持った子竜だった。エステルに撫でろとでもいうように、手の下に頭を潜り込ませてくるのに思わずにやつきそうになる。小さな鎌のような透き通った水色の角が綺麗だ。

「気のせいだったのかもしれません。――それにしても、お二方ともどうしてここにいるんですか？　ご両親と棲み処に帰られたはずですよね」

世界の中心にある竜の国――通称【庭】の塔で行われた、竜が自分の力を操りやすくするために力を分け与える竜騎士を選ぶ選定期間は、先週終わった。人間も竜もそれぞれ国や棲み処へと帰り、塔に残っているのは竜騎士選定の後処理をしている竜たち数匹と、ジークヴァルドの竜騎士となったエステル、そしてエステル一人を置いて帰れないと言い張った弟のユリウスとその主竜のセバスティアンだけのはずだ。

不思議に思って辺りを見回すと、少し離れた場所でこちらの様子を窺っている二組の竜の番がいるのが見えたが、エステルの視線に気がつくと、さりげなく目を逸らされてしまった。その仕草に、ちくりと胸が痛む。

(わたしがジークヴァルド様の竜騎士になったからって、魅了の力がなくなったわけじゃないものね)

これればかりは仕方がない。誰だって自分の意思とは関係なく操られるかもしれないのは嫌だろう。

——クランツ伯爵家の血を引く人間は竜から好かれやすい。

昔からエステルの生家はそう噂されてきたが、はっきりとした明確な理由を知ったのは竜の国であるここ【庭】に来てからだ。

クランツ家の人間には時折、生物全てを虜にしてしまう魅了の力が備わることがあるそうで、エステルにはその力があるのだと教えられた時には、竜に好かれるのは自分自身の努力の成果でもなんでもなく、ましてや生き物を思い通りに動かせてしまうという事実に、恐ろしさと言いようのない虚しさを覚えた。

『エステル？　どうしたの？』

『お腹でも減った？　何か獲ってこようか？』

落胆と怯えが顔に出てしまったらしい。心配そうに左右から見つめてくる子竜に首を横に振って笑いかける。

「何でもありません。大丈夫です。それより、何かわたしに用事があったんですよね？」

『うん！　あのね、わたし見てほしい――』

『俺、見てほしい――』

『ちょっと、わたしが先なの！』

『俺が先だ！』

エステルを挟んでぐるぐると唸り声を上げ始めた子竜たちの周りに、砂交じりの旋風が巻き起こる。いくら幼いとはいえ、竜同士の争いだ。このままでは互いに怪我をするのは免れないだろう。エステルは慌てて子竜たちの間から出て向き直ると、注意を引き付けようと手を上げた。

「先に声をかけてくれた方から――。あのっ、すみません、聞いてください！」

エステルの声が耳に入らないのか、互いに隙を窺うように身を低くする子竜たちに焦りが募り、宥めようとその体に手を伸ばしかけた時だった。

さあっと冷たい風が吹いてきたかと思うと、静かな羽音と共にエステルの背後に誰かが立った気配がした。感じ慣れてしまったひやりとした空気に、見なくてもそれが誰なのかすぐにわかる。

『食事を作りに行ったまま戻ってこないと思えば……。――何をしている。俺の竜騎士は』

抑揚のない声が頭上から降り注いでくる。エステルは小さく肩を揺らし、気まずげな笑みを浮かべて振り返った。

予想通りそこにいたのは、銀に一滴の青を垂らしたような鱗を持つ、まるで高貴な冬の月そのものを体現したかのような美しい銀の竜だ。薄氷のような翼から今にも冷気が溢れ、凍り付きそうな錯覚を覚えるが、怖いのに引き付けられてしまう魅力がある。この世界の全ての竜を束ねる竜の長となる銀の竜――ジークヴァルドが今日も圧倒的な存在感でそこに佇んでいた。

(毎日見ていても、こんなに綺麗な竜がわたしの主竜なのが信じられないのよね)

力を暴走させたジークヴァルドを止めるためだったとはいえ、半ば成り行きで竜騎士になったのだ。叔父や弟のように努力を重ねて竜騎士になった人々のことを考えると、少しだけ後ろめたくもなるが、それでも竜騎士になったのだから彼らに恥じない働きをしなければ。

恐れることなく、むしろ見惚れかけたエステルは、はっと我に返った。

「ええと、すみません。ちょっとおかしなものを見かけてしまって……」

『おかしなもの?』

ジークヴァルドの深い藍色の竜眼が、突然の彼の登場にエステルの足元ですくみ上がったかのように伏せている子竜たちにちらりと向けられる。

竜は力の強い者には逆らわない。人間が感じるよりもはるかに大きな力に畏怖を覚えるらしい。ジークヴァルドの視線に身動き一つとれなくなってしまっている子竜たちをかばうように、エステルは一歩銀竜に近づいた。

「空に見慣れないものが見えたんです。雲のような、そうではないような感じのもので……」

『――ああ、そういうことか。それなら今後のことも含めて説明をする。部屋に戻るぞ』

心当たりがあるのか、苦々しそうに言い切ったジークヴァルドは、軽く頭を振った。たちまちのうちにその姿が溶けるように曖昧になったかと思うと、瞬く間に冴え冴えとした冷たい美しさを持つ、銀の髪の青年がそこに現れる。

身に纏っている見事な刺繍の白いサーコートのせいもあるのか、どこか近づきがたい雰囲気を漂わせる人の姿のジークヴァルドに無意識のうちに身を引きかけたエステルは、それに気づいて慌てて踏みとどまった。

（急に人の姿になられると、ちょっと驚くのよね……）

怖い、というより反射的に身構えてしまう。幼い頃の誘拐事件から大人の男性が少し苦手だとはいえ、ジークヴァルドには慣れたはずなのだが。すぐさま踵を返して歩き出すジークヴァルドを見て、エステルは慌てて背後の子竜たちを振り返った。

「あの、お急ぎの用事でなければ、また今度でも大丈夫ですか？」

『そんなぁ……。でも、ジークヴァルド様のご用があるならしょうがないよね』

『エステル竜騎士だもんな。うん、わかった』

竜騎士となったのなら、仕える主の竜の意向の方が最優先だ。それは子竜もよくわかっているのだろう。瞳を潤ませて残念がる砂色の子竜と、不満げながらも納得してくれた空色の子竜の頭を交互に撫でて礼を言ったエステルは、慌ただしく身を翻した。――と、唐突に視界が真っ白になる。ぎょっとするのとほぼ同時に、顔に衝撃が走った。

「――っつ……!?」

「――きちんと前を見ろ」

何が起こったのかと理解するよりも早く、頭上から溜息混じりの声が聞こえてきた。そろりと顔を上げると、どこか呆れたようにこちらを見下ろすジークヴァルドの竜眼と目が合う。

「す、すみません！」

立ち止まっているとは思わなかった。

ジークヴァルドの胸元から急いで飛びのくと、それを追うように伸ばされた手がエステルの額に優しく触れる。ひやりとした指先に心臓が跳ね、思わず肩を揺らした。

「顔をぶつけただろう。痛みはないか」

「大丈夫です！　それより、これからのことをお話ししてくれるんですよね。早く行きましょう。きっとクリストフェル様も待っています」

食事を作りに行く前に見たのは、配下の黒竜クリストフェルと長継承の関係の雑務を話し合っていた姿だ。

紅潮した頬を隠すように早口で促すと、ジークヴァルドは一つ嘆息をして、エステルの持っていたバスケットを手に取った。

「あの、持てます。竜騎士なのに、主竜様に荷物を持たせるわけにはいきません」

中身はジークヴァルドのために作った食事や食器が入っているが、苦労するほどの重さではない。ただ、作った場所が【塔】の隣に立つ竜騎士候補用の宿舎の厨房（ちゅうぼう）だったため、【塔】の上階にあるジークヴァルドの部屋まで運ぶのには少し距離があるが。

「力を操りやすくするために人に力を分け与え、その竜騎士の国に赴き力を貸すのが竜と人との契約だ。俺はそれができないのだから、このくらいのことで気にするな」

柔らかだが譲るつもりのなさそうな響きの声に、エステルは逆に申し訳なくなった。

竜は自然の力をその身に宿している。人の国々は竜を招き、その恩恵を預かることで豊かになるのだ。確かに竜の長が一つの国にだけ肩入れするわけにはいかないのだろう。ただでさえ竜騎士の数で国の優劣が決まる風潮があるのだから。それを気にしてくれているとは思わなかった。

「ありがとうございます」

礼を口にすると、ジークヴァルドは少しだけ気まずそうに視線をさまよわせたかと思うと、エステルの向こう側――子竜たちの方へと目を向けた。

「話を終えるまで待っていられるか？　こちらの話が済んだら、エステルを向かわせることもできるが」

どうやら先ほどのやり取りを聞いていたらしい。ジークヴァルドの提案に驚いて目を見開いたエステルを尻目に、子竜たちがわっと歓声を上げた。

『本当!? 待っていてもいいの？ ジークヴァルド様』

『待ちたいです！ あっ、父上たちに待っているって言ってきます』

喜んで少し離れた場所で待つ親に駆け寄って行く子竜たちに、エステルは意外なものを見るかのようにジークヴァルドを見上げた。

今でこそジークヴァルドは少し言葉が足りないことがあれども優しくて誠実なのだと知っているが、こういった目に見えてわかる気遣いはあまりしなかった。たとえ同じ竜だとしても、周りをうろつかれるのは鬱陶しいらしい、と亡くなった先代の長から聞いている。

エステルの視線に、ジークヴァルドがわずらわしそうに片眉を上げた。

「なんだ」

「気になっていたので、提案をしてくれたのがすごく嬉しいです」

魅了の力のせいなのかもしれないが、それでも慕って懐いてくれる子竜はとても可愛い。その願いを聞いてやれるのは素直に嬉しくなる。

エステルが満面の笑みを浮かべると、つられるように小さく口端を持ち上げたジークヴァルドがバスケットを持っていない方の手で、エステルの銀の髪をさらりと梳いた。

竜騎士に選ばれた証に主竜と同じ色に変わった髪と目の色は、最近ようやく見慣れてきた。

その髪を撫でるジークヴァルドの手つきは大切なものを愛でるかのように柔らかで、そわそわと落ち着かなくなる。顔が赤くなるのがわかった。

「番が喜ぶことをするのは嬉しいものだとクリスが口にしていたのを疑っていたが……。確かにお前が喜ぶと、嬉しくなるな」

目を細めるジークヴァルドに、エステルはぐっと唇を引き結んで視線を泳がせた。

（ま、まだ番にはなっていませんから！　うん、なってはいないんだけれども……。この状態って、どう呼べばいいの？　返事はまだしていないし、人で言うなら求婚中？）

婚約中というより、おそらくはそちらの状態の方が違いだろう。

竜は番を得られないと、力がうまく巡らず寿命が短くなる。そのことは先日の長の継承騒動で思い知ったばかりだ。まだ番にはなっていない。

ちらりとジークヴァルドを見上げると、出会ったばかりの頃のように震え上がるような冷たい視線とは違い、慈しむような視線が向けられていた。

――『俺と番になってくれないか』

真摯に見据えられ、そう言われたのはまだ記憶に新しい。

高所恐怖症の自分が竜騎士になれるわけがないと半ば思いつつ【庭】に来たのに、まさか竜の次期長と言われていたジークヴァルドの番だと判明し、請われるとは思わなかった。

返事は一年後に、それまでは竜騎士をやっていればいい、と保留されているものの、髪に触れるといったように時折エステルの扱いが竜騎士に接するようなものではないのは明らかだ。

（でも、ジークヴァルド様の寿命が短くなるのが嫌だから番になるのは、同情なのよね？）

ジークヴァルドにしてみれば、憐れまれているようで失礼なことだったのかもしれない。

ジークヴァルドに「同情で番になると言われそうだ」と指摘された時、少しぎくりとしたのは、おそらく無意識のうちにそう思っていたからなのだろう。

髪から手を放し、行くぞと歩き出したジークヴァルドに、エステルは少し反省しつつその後を追いかけた。

＊＊＊

「【庭】が崩壊するかもしれないんですか⁉」

三つの尖塔を持つまるで要塞のような灰色の塔の一室、ジークヴァルドの部屋の中でエステルは驚愕の声を上げた。

ジークヴァルドが配下の竜からの報告を受けたり、少数での話し合いの際に使う部屋だが、人間が使う執務室とは趣が異なる。テーブルとソファに飾り棚、飾り棚には数冊の本や細かな装飾の小物入れ、といったまるで客間か私室のような誂えなのだ。竜は人の使う文字の読み書きはできてもそれはあくまで娯楽であり、報告書という形で書いて残す、ということがあまりないそうなので、こういった仕様の部屋になるらしい。そもそも記憶力が人とは段違いに優れているからこそ、できることなのだろう。

「そうだ。力を使わずとも竜が一つの場所に集って棲んでいれば、力の軋轢が出てくる。それをうまく調整するのが長の役目の一つだ。その長が突然殺されてしまったことで、力の均衡が狂い始めている」

部屋の中央に設えられた長椅子にゆったりと腰かけて慌てるでもなく説明をしてくれるジークヴァルドに、準備をしながらでいいから聞くようにと言われてバスケットから食器を取り出してテーブルに並べていたエステルは、驚いて手を止めた。

「もしかして、わたしがさっき見たおかしなものも、均衡が狂っているからなんですか？」

問いかけながら窓の外に目を走らせると、ジークヴァルドの背後に佇んでいた黒髪のおっとりとした知的な印象の青年——ジークヴァルドの配下の黒竜クリストフェルが静かに答えた。

「おそらくはそうかと。所々で地割れや崩落、池の水嵩が急激に増した、などと報告が上がっています。放っておけばあちこち被害が拡大し崩壊しかねません」

「あ、それでさっきジークヴァルド様は異変を感じて外に出てきたんですね。……あれ？　でも、そんなに危険なのに子竜たちのご両親は駆け寄っては来ませんでしたけれども」

エステルが首を傾げつつ、割れないようにバスケットに固定していた茶器を取り外していると、くすくすとクリストフェルが笑い出した。

「クリス……」

眉間にきつく皺を寄せ、咎めるように配下の名を呼ぶジークヴァルドに、しかしクリストフェルは悪びれない様子で右目につけた片眼鏡を押し上げた。

「それは、親が心配ないと判断するほどの異変に反応してしまうくらい、貴女のことを気にかけて――」

「――黙れ」

低く唸るような声を発したジークヴァルドに、クリストフェルが言葉を止めた。しかしその顔にはまだ微笑ましげな表情が浮かんでいる。

(それって、わたしがかなり竜騎士として頼りないからなんじゃ……。高所恐怖症はまだちゃんと治っていないし、すぐに絵を描きたくなるし)

大好きな絵や竜のことになると周りが見えなくなるくらい、能天気な性格なのは自覚している。いくら普通の人間よりは頑丈な竜騎士になったとはいえ、その辺りが危なっかしく見えるのかもしれない。

「すみません、おかしなものが見えたのなら、すぐに報告に走らないと駄目ですよね。次からは気をつけます」

　エステルが小さく頭を下げると、ジークヴァルドは無表情で押し黙り、クリストフェルは「これはこれは」と面白そうに呟いた。

　彼らの微妙な反応に、何か間違えただろうかと首を傾げていると、ジークヴァルドは再び眉間に皺を寄せ、小さく嘆息した。

「そうしてくれ。――それで、今後の予定だが」

　エステルは手にしたままの茶器をテーブルに置いて立ち上がり、居住まいを正した。ジークヴァルドが先を続けようとした時、窓が不自然なほど大きく揺れた。

『――エステルのご飯の匂いだ！　ちょうどよかったよ、ユリウス』

「ついさっき籠一杯の焼き菓子を食べていましたよね!?　まだ食べる気ですか」

　騒がしい声と共に、バルコニーに半ば滑り込むように舞い降りたのは若葉色の竜と、その背中に乗った竜と同じ若葉色の髪の少年だった。嬉しげに尾を揺らした若葉色の竜は、ふわりと人の姿――どこか手を差し伸べたくなるような儚げな青年の姿になると、躊躇なく窓を開けた。

「ただいまー。エステル、それジークのご飯？　僕にも少し分けてほしいなぁ」

　青年――竜騎士である弟ユリウスの主竜セバスティアンの物欲しげな声に唖然としていたエステルだったが、答えようとしてジークヴァルドの苛立った声に遮られた。

「セバスティアン、それより先に見回ってきた報告をしろ」

「わ、わかったよ。エステルのご飯をねだったからって、そんなに睨まないでよ」

さっと自分の竜騎士の後ろに回り込み、びくびくと答えるセバスティアンに、ユリウスが盛大な溜息をついた。

「俺から報告をします」

直立不動の姿勢で口を開くユリウスは、竜騎士になったばかりのエステルよりも当然のことだが竜騎士らしい。

ここに居座るのなら手伝え、とジークヴァルドの指示を受けてセバスティアンと一緒に色々と雑務を片付けているのだが、今朝は周辺を一回りしてこいと、追い立てられていた。

「塔を中心にしてジークヴァルド様の棲み処の弔い場までを見回ってきましたが、その周辺には異変はないようです。セバスティアン様が塔の近くに棲み処を構える竜の方々から話を伺いましたが、やはり影響が出てきているのはもっと奥の方だという話です」

「……やはりそうか。弔い場には先代の長の亡骸を沈めたからな。塔もそうだが先代の長の力の影響が強く残っているおかげで異変が出ていないのだろう。――本当に、ルドヴィックは面倒なことをしでかしてくれたな」

ジークヴァルドが眉間の皺を深め、心底面倒だというように嘆息した。

長の座を巡って、ジークヴァルドと諍いを起こした青金斑の卑劣な竜は、その争いが元でいつ目覚めるともわからない深い眠りについているが、ジークヴァルドの様子からするとどうも面倒な置き土産を置いて行ったようだ。

　思案するように目を伏せていたクリストフェルが、ジークヴァルドを窺うように見た。

「そうしますと……、先ほど話し合いました予定通りに【庭】を巡りますか？」

「そうだな」

「では、手筈を整えます」

　何やら話が決まったらしい。彼らの視線がほとんど同時にエステルの方に向く。ジークヴァルドの険しい表情に、何を言われるのかと身構えた。

「【庭】の各地へ出向いて、異変が出ている場所の力の調整をする。その道々で古老たちに長の継承の挨拶をして回ろうと思う」

「古老……。それは年長の竜の方々のことですか？」

「ああ。古老たちを蔑ろにすると、後々面倒だ」

　いくら強い力を持つ者が最上位の竜の世界とはいえ、年長者を尊重しなければならない辺りは人と変わらないらしい。緊張に身が引き締まる思いを覚えた時だった。

「ねえねえ、ジーク、僕たちも一緒に行ってもいい？」

　出し抜けにセバスティアンの呑気な声が割り込んできた。

「奥には今は人間がいないし、エステルだってユリウスがいた方が安全だよ」

「人間がいないからこそ、あまり多く連れて行かない方がいいだろう。嫌悪でなくとも、騒ぎ立てる者は必ずいる」

「……えぇ、でもさ——。え、なに、ユリウス。……それ本気でやるの？　怒られるどころじゃ済まないかもよ。おやつを増やしてくれるのなら……。うん、それならいいよー」

ユリウスが何かを囁いたのだろう。耳を傾けたセバスティアンは何かを渋っていたようだったが、すぐに満面の笑みを浮かべたかと思うと、唐突にエステルに手を伸ばしてきた。腹に手を回され、ひょいと抱き上げられる。足元が浮き、たちまちのうちに身が強張った。

「セバスティアン様!?」

「ごめんね、エステル。ちょっと我慢しててね。——ジーク、聞き入れてくれないと、このままエステルをリンダールに連れて帰るよ」

脅しの言葉ともいえない脅しの言葉に焦ったエステルは、抱え上げられたセバスティアンの肩から、素知らぬ顔をして傍に控えるユリウスを見下ろした。

「ちょっとユリウス、セバスティアン様に何を吹き込んでいるのよ！　ジークヴァルド様がそんな言葉で説得されるわけがないでしょ」

弟に非難の目を向けていると、ふっと紅玉石のような鱗を持つ赤い竜が脳裏に浮かんだ。

（そういえば、アルベルティーナ様も一度国に帰って、竜騎士選定の報告を済ませたら戻ってくるとか言っていたのよね……）

今回の竜騎士選定の世話役として来ていた叔父の主竜のアルベルティーナは、エステルを連れて帰ると散々ごねまくった末、「あたしが戻ってくるまでにエステルを番にしたら、いくらジークヴァルド様でも黒焦げにするから！」と台詞を残して、叔父に宥められながら泣く泣く帰国して行った。

　ジークヴァルドが比喩ではなく命ともいえる番を案じるのはわかるが、ユリウスたちの心配はやはり少し過剰ではないだろうか。他に何か理由があるのではないかと、うっすらとそんな考えが浮かんできてしまう。

「お前が俺に勝てる訳がないだろう」

　エステルの予想通り、ジークヴァルドは椅子から立ち上がることなく不機嫌そうにセバスティアンを見据えた。

　どこか呆れた視線に、びくっとセバスティアンが肩を揺らす。

「い、今なら勝てると思う。だってジーク、ルドヴィックと争った時の怪我がまだちゃんと治っていないよね。いくら僕が飛ぶのが下手でも、多分追い付けないよ。もしリンダールに辿り着いても、アルベルティーナも相手にするのはちょっときついんじゃないかなぁ」

「――……」

　ジークヴァルドが目を眇めた。その周辺にふわっと氷交じりの冷風が巻き起こる。しかしセバスティアンは怯えながらもエステルを放すことなく、じりじりと窓際に下がって行く。すぐ傍にいたユリウスが窓に手をかけると、吹き付けてくる風の温度がぐんと凍りつきそうなほど下がった。セバスティアンが何かしたのか、開いた窓の向こうの庭園の木々が風もないのにざわざわと揺れる。竜騎士になったから感じるのか、異様に空気が密度を増した気がした。

「セバスティアン様、放してください！」

エステルは冷や汗をかきながら叫んだ。いくらセバスティアンの言うことが当たっていたとしても、丸々その通りになるとは思えない。【庭】から出る前に氷漬けにされそうだ。

張り詰めた空気が部屋を満たし、あわや一発触発——といったところへぱんぱんと手を叩く間の抜けた音が響き渡る。それに我に返ったかのように、冷風も木々の揺れもぴたりと止まった。

「——ほらほら、お二方ともここで争うのはおやめください。ついこの前、アルベルティーナ様が破壊した窓の修繕を終えたばかりなので、さすがに配下の者から苦情が出ますかと」

二匹をやんわりとたしなめたクリストフェルが、彼らを交互に見ると、ジークヴァルドににっこりと笑いかけた。

「ジーク様、せっかくのお申し出ですから、セバスティアン様方をお連れになられては？　私は同行できませんし、奥には人間を毛嫌いする者がおります。古老の方々もセバスティアン様ほど力がある方がご一緒でしたら、エステルを連れていても、なおのこと理解を示してくださると思います」

「え？　クリストフェル様は同行されないんですか？」

微笑んだまま予想をしていなかったことを口にするクリストフェルに、エステルは目を見張った。時々言葉が足りないと先代の長に評されたジークヴァルドの補佐ともいえるクリストフェルが一緒に来ないのは、少し不安と緊張を覚える。

「ええ、私以下配下の者は同行いたしません。ジーク様の代わりに、弔い場の実の返還を交代で行いますので。セバスティアン様方がご一緒でなければ、ジーク様と貴女とで庭を巡ることになります。ええ、はい。御二方だけで。――そのまま番になってくださるのでしたら、大歓迎なのですが」

声を潜めて続けられた言葉は、エステルの耳には届かなかった。

竜騎士になったばかりの自分だけで大丈夫だろうか、とそろそろとジークヴァルドを窺うと、その表情はいつも以上に渋い。

（人間で、頼りないわたしだけを連れて行くのは、すごく面倒よね……）

長の継承の雑務などは大まかなことを教えられているだけで、それほど詳しいわけではない。貴女は番ですから、と全てクリストフェルや他の配下の竜がやってしまうのだ。

クリストフェルがこほんと咳(せき)ばらいをして微笑んだ。

「不安そうですがご安心を。力の調整や古老の方々への挨拶はジーク様の役目ですから貴女が何かをする必要はありません。貴女の役目はジーク様から離れず、これまで【塔】でしていたように身の回りのお世話や、怪我を治すための食事を作ることです。【庭】のあちこちに野営地を設けますので、野営の道具や食材等は私ども配下が先に運んでおきます。荷物を持ち運ぶ必要もありません」

「……ありがとうございます。何だかすごく至れり尽くせりですね」

エステルは笑みを引きつらせて礼を口にした。

野営の準備の段取りさえもすでに決まっているとは思わなかった。しかも荷物まで運ぶ必要がないとは。これでは本当に竜騎士としてまるで役立たずではないだろうか。

「もちろんです。番の貴女が不自由のないようにしなければなりませんので。それに竜騎士が作る食事には、竜の力が混ざりますから、なおのこと怪我の回復にはよく効きます。主竜が健やかでいられるようにするのが、竜騎士であるあなたの役目です。これは私どもにはできないことですので」

「わたしに食事を作ってほしい、っておっしゃったのはそういうことだったんですね。竜騎士として役に立てていないと思っていました」

光と水さえあれば生きられる竜にとって、食事は嗜好品（しこうひん）か回復薬だ。

ジークヴァルドの怪我の治療のために食事を作ってほしいとクリストフェルに頼まれ、最低でも一日一食は供するようにしていたが、ただ食べ物を食べればいいということではなかったらしい。それは初めて聞いた。

ほっと胸を撫で下ろしていると、ジークヴァルドが眉間の皺を緩めた。

「前にも似たようなことを言ったと思うが、お前は【庭】の外の竜騎士とは違うからな。お前が知っている竜騎士の役目とは少し違うと思うが、そこは理解しろ」

「はい。そうですね」

　人間の国に赴いた竜の竜騎士ではないとわかっていても、つい同じように考えてしまう。考え方を変えないと駄目だ。

（それだったら不安だとか、卑屈になっている場合じゃないわ。今まで以上にちゃんとしないと。……【庭】の奥が見られるのはちょっと楽しみ、とか思っていたら駄目よ）

　不謹慎だと思いつつも、安堵した分どことなくわくわくとした高揚感を覚えていると、ふとジークヴァルドが胡乱げな視線を向けてきているのに気づいた。浮かれているのを見抜かれたかと、緩んでいた表情を慌てて引き締める。

「ええと……何でしょうか？」

「いや、クリスがついて来ないのがどういう状況なのかよくわかっていないな、と思っただけだ。お前と俺だけだぞ」

「ちゃんとわかっていますよ！　竜騎士の務めをしっかり果たしますから。絶対にご迷惑をかけないようにします」

　むっとしつつも、意気込んで拳を握ると、ジークヴァルドがますます渋い表情をした。エステルを抱えたままのセバスティアンが、うわぁとどこか憐みの混じった声を上げる。

「ジーク、大変そう……。せっかくのお出かけなのに」

「セバスティアン様、それ以上言ったら駄目ですからね。エステルが意識していないのなら、そのままにしておいてくださいよ。ジークヴァルド様がどんなに苦労しても、俺は一向にかまいませんし」

貼り付けた笑みを浮かべるユリウスに、何か勘違いをしているのだろうかとエステルが首を傾げていると、そこへジークヴァルドの盛大な溜息が聞こえてきた。

「――わかった。セバスティアンたちの同行を許そう。騒がしくするようなら、追い返すからな」

「本当？　やったよ、ユリウス！　エステルと一緒に行けるよ」

わっと声を上げたセバスティアンが、喜びのあまり子供をあやすようにエステルの脇を高く持ち上げてくるくると回った。

「セバスティアン様、ちょ、ちょっと止まってください……っ。目が回――」

「あっ、ごめんね。説得に成功したら食後のデザートを追加してくれるって言うから、嬉しくて。――っ、ジーク、そんなに睨まないでよ。は、放すから」

ジークヴァルドの無言の圧力にびくついたセバスティアンからようやく解放され、ほっと胸を撫で下ろしていると、満足げに笑っている弟が目に入り、呆れてしまう。

ユリウスと同じような笑みを浮かべているクリストフェルが、話をまとめるように一つ手を叩いた。

「それではセバスティアン様もご同行されるということで。――ユリウス、野営地に置く品物の確認と旅程を説明しますので、一緒に来てください。ジーク様、古老の方々に訪問日を伝えておきますが、よろしいでしょうか」

「ああ。だが、異変の調整にどれだけかかるかわからないからな。前後数日で赴くと伝えておけ」

面倒そうなジークヴァルドの指示に頷き、出て行こうとするクリストフェルを見て、エステルは慌ててジークヴァルドを振り返った。

「わたしもユリウスと一緒に行ってきます。色々と聞いておかないと――」

「エステル、貴女はジーク様のお食事の時間ですから、そちらを優先させてください。旅程の説明などはその間にジーク様からしていただけるかと。お怪我を早く治すためにも、しっかりと食べさせてあげてくださいね」

扉に手をかけていたクリストフェルはエステルをやんわりと制すると、さっさと外に出て行ってしまった。それを見たセバスティアンがはっと何かに気づいた顔をしたかと思うと、ユリウスの背中を押した。

「待ってよクリス。僕も行く！　ユリウス、早く出よう。すぐ出よう」

「え？　でも、エステルの食事がすぐそこにありますよ。分けてもらうんじゃないんですか？」

「エステルのご飯はすっごく魅力的だけど、ジークに殺されたくない」

セバスティアンはこれ以上もないほど真剣な面持ちで不可解そうなユリウスの背をぐいぐいと押し、焦ったように外へと出て行った。

「セバスティアン様が食べ物を前にしているのに、出て行くなんて……」

食べることが大好きすぎるセバスティアンが慌てて出て行くとは、何かよほどの理由があるのだろうか。ジークに殺される、というのはなかなか物騒だ。

唖然と見送ってしまったエステルが、首を傾げつつ言われた通りに食事の用意を再開しようとすると、やはり取り残されたジークヴァルドが眉間の皺を深めて嘆息した。

「いくらあの能天気な大食らいでも、自分が何をしたのかわかっているからだろう。番に無遠慮に触れれば、相手の番に殺されてもおかしくはない。人も似たようなものなのではないか」

「いえ、普通はたったあれだけでそこまで過激にはならないです」

エステルは顔を引きつらせて首を横に振った。そういうことなら、いくら他意はないとはいえセバスティアンが慌てて逃げて行くのも頷ける。

「でも、そうするとジークヴァルド様は寛容ですよね。クリストフェル様に仲裁に入られただけで、セバスティアン様の同行を許してくれるんですから」

「俺が寛容？　お前にはそう見えるのか？」

「はい。寛容でお優しいと思います」

不可解そうに片眉を上げたジークヴァルドに微笑んで頷くと、彼は真顔で黙り込んでしまった。

（あれ……怒らせた？　怒らせるようなことは言っていないわよね!?　……竜の姿の時の方がまだよくわかるかも）

竜の顔からというより、尾が雄弁に機嫌を語ってくれるので、そちらの方がまだわかりやすいような気がする。時々人の姿のジークヴァルドの表情は読みにくくなる。

「ええと……。あっ、同行といえば、何か注意しなければいけないことはありますか？　古老の方々に失礼のないようにしたいので」

見据えられるのがいたたまれなくなり話を変えると、ジークヴァルドは一つ目を瞬き、思案するように軽く目を伏せた。

「――古老たちは思慮深い。人に対しても寛容だ。特にこれといって、気をつけることはないだろう。だが……問題は他の竜だ」

「どうしてですか？」

【庭】を巡るのなら、他の竜にも行き会うこともあるかもしれないが、それの何が問題なのだろうか。

「お前が知っている竜は竜騎士がいたり、竜騎士を探している竜だろう。あれらは総じて人に友好的だ。だが【庭】の奥には人など必要ないという竜もいる。なぜ我々竜が力も持たず、寿命も短く脆い人間に合わせて人間の姿をしてまで竜騎士を得、力を操りやすくしなければならないのだ、という竜がな。そういう竜は当然人に関わりたがらない。中には人間の姿になることさえ嫌悪する者もいる」

下位の存在の人間に付き合ってやるつもりはない、といった竜がいるのだろう。竜に比べれば人間は確かに生物としてははるかに弱い。

「そういった方でも、自由に【庭】の外には出て行ったりはしないんですね」

「ああ。単純に、外や人に興味がないというのもあるが……。外へ出て辺りかまわず力を発揮すれば人の国に必ず被害が出る。そうなると人からの恨みや怒りを買うだろう。煩わしいことになるのがわかっているからな。俺もそうだが、大抵の長はそれをよく理解している。竜騎士のいない竜が【庭】の外に出ることは、特殊な理由でもない限り許さない」

竜は力の強い者には逆らわない。最も力が強い長が決めたことは絶対なのだろう。

(でも、それだけ人間嫌いの竜なら、長の番が人間だってことは、今までの方以上にわたしのことが気に食わなさそうよね)

わずかに不安を覚えながらも、エステルは神妙な表情で頷いた。

「わかりました。他の竜の方々を見かけても、刺激しないように大人しくしています」

「ああ、そうしてくれ。そうだな……他に強いて注意をするのなら、挨拶の最中に隠れて絵を描こうとするな。それと、鱗が落ちていないかと辺りを見回すな。絵を描きたくても、俺の許可なく辺りかまわず描くな。命の保証はしないぞ」

少しだけ皮肉げに笑われ、エステルは思わずジークヴァルドを恨めしげに見据えた。

「さすがにできませんよ！　それは……観察をしたいことはしたいですけれども、万が一魅了をかけてしまったら大変ですから」

魅了の力は凝視すればするほど強くかかるらしい。実際にかけてしまった時には、空恐ろしくなった。絵を描くための参考にしたいのはやまやまだが、危険は冒したくはない。

少し肩を落とすと、ふいに座ったままのジークヴァルドに片手を取られた。驚いて顔を上げると、不機嫌そうにこちらを見ているジークヴァルドと目が合い鼓動が跳ねる。

「成竜はよほど力が弱くない限りは、そう簡単にはかからないと言っただろう。ましてや老齢の竜だ。気を惹かれるくらいならまだしも、かかったとしたら笑いものだぞ。使い方を間違えなければ、怖い力ではない。何かあれば俺が止めてやる。あまりそう怖がるな」

「――……はい、そうですよね。ジークヴァルド様がいてくれるのは心強いです」

宥めるような言葉に、安堵した笑みを浮かべてジークヴァルドの手をためらいがちに握り返す。ジークヴァルドがわずかに目を見開いたことに、弱気になったのが気恥ずかしくなりぱっと手を離した。

「さ、さあ、お食事にしましょう。今日は色々とパイを焼いて――っ!?」

作ってきたパイをテーブルに並べた皿に盛ろうとすると、唐突に腕を強く引っ張られた。あまりの勢いに体が傾き、そのままジークヴァルドの膝の上に座り込んでしまう。慌てて立ち上がろうとして、腹の前に回った腕にどきりとした。

「お前は先ほど俺が寛容だと言ったが……不愉快なことは不愉快だ。いくらセバスティアンでも、番の香りに混じってお前から他の雄の匂いがしてくるのは鼻につく」

肩と腰に回されたジークヴァルドの腕に力がこもる。抱え込むように引き寄せられて、エステルは体を硬直させたまま瞠目した。

(匂い、不愉快……。これってもしかしてマーキング？)

獣にたとえてはいけないのかもしれないが、驚きのあまりずれた思考がそんな答えを弾き出す。すぐ傍からジークヴァルドの鼓動が聞こえ、体温を感じることに気づくなり、一気に顔に血が上った。

「すみません、次からは隙を見せないようにしますから、下ろしてください。あ、お食事しましょう、お食事。怪我が治りませんよ」

エステルは慌ててジークヴァルドの腕を軽く叩いた。

ジークヴァルドはあまり進んで食べようとはしない。エステルの料理がまずい、ということは多分ない。大食いだが味にはそれなりにうるさいセバスティアンが欲しがってくれるのだから、それが理由ではないと思う。

(アルベルティーナ様はお茶会が好きだし、セバスティアン様もよく食べるから、普通に竜も食事をすると思っていたけれども……。クリストフェル様がわざわざ食べさせてくださいね、って念を押してくるくらいだから、普通の竜はそんなに食べないのかも

食べ物が薬や嗜好品ならば、食べるという行為が好きでなければジークヴァルド自身が以前に言っていたように、面倒なことなのかもしれない。

さてどうやって食べさせようかと考え込んでいると、ジークヴァルドは少しだけ身を離し、エステルを抱えたままバスケットを引き寄せてテーブルの上に載せてしまった。

「食事をしなければならないのはお前の方だろう。俺は後でいい。先に済ませろ」

「主竜より先に食べるわけにはいきません。それにこれはほとんどジークヴァルド様のための物です」

「その主竜の俺がいいと言っている」

「それなら下ろしてください」

「なぜだ。このままでも食べられるだろう」

怪訝そうに眉を顰めたジークヴァルドに、一瞬こちらの方がおかしなことを言っているような気分になったが、頭を軽く振ってジークヴァルドを説得しようと見上げた。いくらなんでもこのまま食べられるわけがない。

「誰かの膝に乗ったまま食べるなんて、子供のすることです」

「クリスが番とこうして食べさせ合っているのを見たことがあるが、あれはおかしいのか？

竜騎士がいた頃にその人間の国で見たそうだが」

納得のいかなさそうなジークヴァルドに、エステルはぐっと押し黙った。

(クリストフェル様――っ。絶対に面白がって見せつけましたよね!?)

飄々としたクリストフェルのことだ。そんな気配がする。エステルが竜騎士になろうと思ったのも、多少はおっとりしていながらも腹黒い黒竜に騙されたからだ。結果として後悔してはいないが、お詫びとして顔料用にどうぞ、とこちらが要求する前に鱗を差し出された時には、あまりのそつのなさに怒るよりも呆れた。

「それは、仲睦まじい恋――。いえ、何でもないです。すみません、お先に頂きます」

それは仲睦まじい恋人とやることです、と言いかけてやめた。これを口にしたら先ほど見たと言っていたように、ジークヴァルド自らが食べさせてこようとするかもしれない。さすがにそれは食べ物が喉を通らなくなりそうだ。

諦めたエステルは、眉間の皺が薄くなってどこか機嫌のよさそうなジークヴァルドの膝に座ったまま、バスケットの中から香ばしく焼けたミートパイを取り出した。

＊＊＊

「――すごいです！　飛べるようになったんですね」

わずかにふらつきながらも肩の辺りまで舞い上がった水色の子竜に、エステルは思わず歓声を上げた。

羞恥で食べた気がしないジークヴァルドとの食事の後、約束通りに子竜たちの用事を聞きに塔の庭園に来ると、高所恐怖症のエステルと同様に飛べなかった水色の子竜が少し飛べるようになった、と嬉々として飛んで見せてくれたのだ。

『エステルが高い所が怖いのに竜騎士になったから、俺も頑張ったんだ』

怪我とそれに伴った恐怖でしばらく飛べなかったせいなのか、落ちた筋力はすぐには戻らなかったようだが、それでもこれだけ飛べれば大空を自由に飛び回るのにそう時間はかからないだろう。

『もうちょっと飛べるようになったら、エステルを乗せてあげるよ。竜騎士になったんだから、もう怖くないよね』

「ええと……それは、わたしはジークヴァルド様の竜騎士ですから、ジークヴァルド様なら絶対に落ちないのがわかっているので、前ほどは怖くないだけですので……」

地面に降り立ち、得意げに胸を張る水色の子竜の尾が嬉しそうに揺れているのを微笑ましく眺めていたエステルは、申し訳なくなりながら曖昧な笑みを浮かべた。

『ええ……、そっか。じゃあ、もうちょっと待っているね』

「はい、すみません。せっかく誘っていただいたのに」

エステルは眉を下げて謝ると、今度は先ほどから小枝で地面に何かを描いている砂色の髪の少女に視線を落とした。軽く癖のある髪の隙間からは尖った竜の耳が覗いている。

砂色の子竜はエステルが戻ってくるなり、ちょっと待ってて、まだ見ないで、と言ったきり、何やら地面に絵を描き始めたのだが、何を描いてくれるのかと思うと楽しみだ。

「——もう見てもいいですか？」

エステルが窺うように声をかけると、砂色の髪の少女は軽く肩を揺らした。

「うぅん……、いいよ。でも、エステルみたいにきれいに描けなかったかも」

少しだけしょんぼりとした少女竜が体をずらしてくれる。しゃがみ込み、地面に描かれていた絵を見たエステルは、竜らしきものに乗る人間の姿の絵を見て、軽く目を見開いた。その鳥の巣のようなくしゃくしゃの髪に既視感を覚える。

「これ……、もしかしてわたしとジークヴァルド様ですか？」

「うん！　エステルがジークヴァルド様に飛び乗って、竜騎士になった時のこと」

ぱあっと顔を輝かせて、砂色の髪の子竜がエステルに抱きついてきた。力加減なしに飛びついてきた子竜をふんばってどうにか抱き留め、エステルは破顔した。

「ありがとうございます。沢山練習をしましたよね。すごく嬉しいです」

自分が描くばかりで、描いてもらったことはほとんどない。まさかの嬉しい贈り物に、胸が詰まった。

「そうなの、いっぱい練習したんだよ。難しかったけど、すっごく楽しかった！」

「わかります。綺麗に描くのは難しいですけれども、描くのは楽しいですよね。……あ、そうだ。――もしよければ、わたしのスケッチブックを差し上げます。そうすれば、絵を残せますから」

「いいの？　やったあ！」

両手を上げて喜びを露にする砂色の子竜にこちらまで嬉しくなりながら立ち上がると、のけ者にされたとでも思ったのか、水色の子竜が不満げにじっとこちらを見ているのに気づいた。

「あの、スケッチブック、欲しいですか？」

『いらない。俺は絵を描かないし。……でも、絵だったら、長の絵を見に行きたい。父上たちに子供だけで長の部屋に入ったら駄目だ、って言われているんだ』

「長の絵……。あ、先代の長の絵ですか？」

エステルが描かせてもらった先代の長の絵は、塔の先代の長の部屋に置かれている。木炭だけで描いたものだが、慕われていた先代の長の絵を誰でも見られるようにと、ジークヴァルドが置いたのだ。先代の長の部屋に長となったジークヴァルドが移る予定はなく、誰が出入りしても問題ないらしいが、親が禁止したのなら仕方がない。

「わたしも見たい！」

砂色の子竜にも期待に満ちた目で見上げられ、エステルは時間があるだろうかとちらりと窓の外を見やった。少しだけ傾いた日差しが、廊下を明るく照らしている。ジークヴァルドからは、ここしばらく子竜の相手をしてやれなかったから、なかなか放してもらえないだろうと、日が落ちる前には戻ってくればいいと言われている。

「――それじゃ、見に行きましょうか。でも、少しだけになっちゃいますけれども」

それぞれ歓声を上げた子竜達が、飛びついてきた。強い力に転がされそうになったが、どうにか踏み止まる。痛いというより、竜と戯れられる幸せを噛みしめながら、エステルは子竜たちとともに塔の上階へと足を進めた。

＊＊＊

仏頂面を隠しもしないユリウスを前に、ジークヴァルドは眉間の皺を深め、一つ嘆息をした。

「エステルを遠ざけてまで俺に聞きたいことがあるとクリストフェル様に伺いましたが、何ですか」

エステルを子竜のもとへと送り出した後、見計らったかのようにユリウスが一人でジークヴァルドの部屋を訪ねてきたが、ユリウスをこちらに寄こすようにと指示したクリストフェルは、何一つ説明をしなかったらしい。

（面倒がらずに自分で聞き出せ、といったところか）

特に異論はないが、それでもジークヴァルドに友好的ではない弟から話を聞き出すのかと思うと、少しばかり頭が痛い。

「――単刀直入に訊く。お前が【庭】に残った本当の理由を話せ」

「本当の理由もなにも、エステルが心配だからに決まっているじゃないですか」

セバスティアンと同じ翡翠色の目を眇めたユリウスが、なんの迷いもなく答える。

「それだけが理由ではないだろう。いくらエステルを案じていたとしても、お前は竜騎士だ。自国のためにならないようなことはしない。それにお前の叔父のレオンがそれを許さないはずだ」

長年竜騎士をやっているレオンが可愛い姪のためだとしても、甥を残すはずがない。人にとっては竜を連れ帰り、国に貢献してこその竜騎士だろう。おそらくレオンが番をあまり歓迎しないのは、番では国に竜を連れ帰ることができないせいもあるからだ。

「俺は随分と信用がないんですね」

「【庭】を巡るのに、何か事情を抱えていそうな者を連れていけると思うのか」

「……――思えませんね」

片頬を歪めて皮肉げに笑うユリウスを、ジークヴァルドは真っ直ぐに見据えた。この弟はエステルとそう変わらない年齢だったはずだが、エステルに比べると随分と大人びた表情をするようだ。

「安心してください。【庭】で何かをしようというわけじゃありません。俺がリンダールに帰ると色々と騒がしそうなので、叔父やアルベルティーナ様と相談してここに残ったんです」

「騒がしい？」

「はい、貴方がエステルを番にしようとしているおかげで」

話の繋がりが見えず、片眉を上げて先を促すと、ユリウスは大きく嘆息した。

「クランツ家の血を引く未婚の者は、今のところ俺とエステル、後は叔父です。傍系の者もいますが、すべて既婚です。俺が帰国すれば、婚約者がまだいない俺への婚約の申し込みが殺到するでしょう。おそらく国外からも」

「――ああ、そういうことか。竜騎士に選ばれやすいクランツの血、それに加えて姉が竜の長の番になるかもしれないという付加価値でなおのこと混乱するだろう、と」

ようやく納得がいき頷くと、ユリウスは肩をすくめた。

「本人がいない方が、気休めかもしれませんが混乱は少ないと思います。叔父の方は……まあ、アルベルティーナ様がいますから」

竜は番を見つけることを最重要としている。竜騎士に伴侶ができるのは大抵の竜はすぐに歓迎するものの、そこには自分の選んだ竜騎士が気に入らない伴侶を連れてくるわけがない、という傲慢さがある。

「レオンが望まない限りは、蹴散らすだろうな。その点、セバスティアンは懐柔されそうか」

「……山のように好物を積まれたら、ついうっかり橋渡しの約束をしてしまいそうだと、言われました。確かに命の危機というわけじゃありませんから、嬉々として『いいよー』というのが目に見えます」

げんなりと視線を逸らすユリウスに、ジークヴァルドは妙な信頼関係を築いているものだと、憐みの視線を向けた。

「お前の理由はわかった。だが、それをエステルに伝えていないのは何故だ。一人残すのが心配だというよりも、そちらの理由の方が納得するだろう」

「これは俺やクランツ家の事情です。番の返事が保留中ですよね。余計な情報を与えて、エステルが後悔するような判断をしてほしくない。エステルが決めたことならどんな結果になっても受け入れます。――まあ、俺は反対ですけれどもね」

ジークヴァルドは意外なものを見るように、不貞腐れた顔をするユリウスを眺めた。

「そこまでエステルを過保護に扱うのは、例の誘拐事件の関連でまだ何か事情があるのではないのかと勘繰りたくなるな。――違うか？」

「……聞きますか、それを。俺でも胸糞が悪くなるんですから、貴方だと――」

煩わしげに顔をしかめたユリウスの言葉は、唐突に響いた地鳴りのような音にかき消された。

それとほぼ同時に塔全体が振動し、ジークヴァルドは窓からバルコニーへと飛び出した。瞬時に竜の姿に戻り、音が聞こえてきた方――先代の長の部屋へと舞い上がる。

（あれは――……。朱金の竜、か？　まさか）

長の部屋のバルコニーに墜落していたのは、まるで今傾きかけている太陽のような朱金の鱗を持つ竜だった。

脳裏に浮かんだ面影に、息を呑む。

あの色を持つ竜は現在【庭】にはいなかったはずだ。

ジークヴァルドがバルコニーに降り立つよりも早く、むくりと起き上がった朱金の竜は、ぶるりと大きく身を震わせると、すぐさま人間の青年へと姿を変えた。

＊＊＊

轟音と共に突如長の部屋のバルコニーに現れた赤っぽい竜に、エステルは先代の長が描かれたスケッチブックを一緒に覗き込んでいた子竜たちをかばうように咄嗟に抱え込んだ。

「だれ?」

「誰だろう?」

エステルの驚きをよそに、子竜たちがきょとんと首を傾げる。

アルベルティーナの紅玉石のような深みのある赤い鱗ではなく、まるで太陽の光を集めたような朱金の鱗を持つ竜だった。羊の角のように大きくくるりと巻いた琥珀色の角が珍しい。

(うわ……、ジークヴァルド様とはまた違った感じの迫力！　描くのはすごく大変そうだけど、楽しそう……。――あれ?　片方の翼がない?)

見間違いだろうかと、もっとよく見ようと目を凝らした矢先、朱金の竜は大きく身を震わせ、ふわりと人の姿になってしまった。

短い朱金の髪に力強い光を湛える夕日色の竜眼。身に纏う赤に金糸の刺繍が施された衣装は、大陸東方の服装を思わせるような華やかさで、精悍な顔立ちの青年によく似合っている。その顔には険しい表情が浮かんでいるものの、威厳に満ちたその雰囲気は理不尽な怒りをぶつけられそうな印象は抱かない。

腕につけられた幾本もの腕輪を涼やかに鳴らし、窓を開けてバルコニーから室内に入ってきた朱金の髪の竜の青年は、エステルたちの姿を一瞥すると、ぐるりと室内を見回した。

「――ああ、本当に長は亡くなられたのか」

落胆の滲む声音と共にわずかに肩を落とした朱金の髪の竜を、エステルは怪訝そうに見つめた。

（この方は誰？　【庭】の竜の方がわざわざ長が亡くなられたことを確認しに来るわけがないわよね）

あれだけの騒ぎの上、弔い場に遺骸を沈めた時には沢山の竜が訪れていた。考えられるとすれば竜騎士について外に出ていた竜だ。帰国した竜騎士候補から話を聞いて駆け付けたのかもしれない。

「あの……」

エステルの呼びかけに、朱金の髪の青年竜がこちらを振り向く。少しだけ不審そうだが真っ直ぐに見据えてくる夕焼け色の瞳のあまりの鮮やかさに、うっかりと凝視してしまったエステルは慌てて視線を逸らした。

（珍しく目を見てくれたからつい見返しちゃったけれども……大丈夫、よね？）

魅了をかけていないだろうかと一抹の不安を覚えていたエステルだったが、両腕に抱きしめたままの子竜たちがそわそわと落ち着かなげにしているのに気づいて、どうしたのだろうかと手を離した。

「エステル、またね」

「俺も帰る。またな、エステル」

そう言うなり、どことなく怯えの混じった表情を浮かべ、あっという間に長の部屋から転がるように出て行ってしまった子竜たちを呼び止めようとして、ふっと頭上に影が差したことに慌ててそちらを向く。いつの間にか近づいてきた朱金の髪の青年竜がじっとエステルを見下ろしていた。

ジークヴァルドと同じくらいの背丈だろうとは思うが、彼よりも若干がっしりとしているかもしれない。怒るでもなく睨むでもなく上から無言で見下ろされる威圧感に、じわりと汗が滲んでくる。

「ええと……、わたしは何か失礼なことを――」

「――アレクシス殿！　貴方は……生きていたのか」

問いかけようとしたエステルの言葉に被せるように、バルコニーの方から声がかけられる。見れば珍しく驚愕の表情を浮かべた人の姿のジークヴァルドが入ってきたところだった。目の前の朱金の髪の青年竜がぱっと振り返る。

「……ジークヴァルドか!?　少し見ない間に、ふてぶてしい面構えになったな。……ちょっと待て、今生きていたのか、と言ったな。俺を勝手に殺すな」

破顔してジークヴァルドに歩み寄って行った朱金の髪の竜――アレクシスはふと気づいたように不満げな声を上げた。

「自分の竜騎士の国に出向いたまま竜騎士選定の世話役も他の竜に任せて、百年近く戻ってこないばかりか、そのまま消息不明になったと聞いた。死んだのだろう、と思ったとしても責められる覚えはない」

「――そうか、そんなに経っていたか……」

一瞬だけ驚くような表情をしたアレクシスは、しかしすぐに苦笑いをした。

「いやあ、悪かったな。けどな、いざこざが起こるのがわかっているとなりゃ、帰る気も失せるさ。うるさい奴らはいるからな。それはそうと……長は、殺されたようだな」

「……ああ、そうだ」

大抵の竜には怯えられるジークヴァルドに気さくに話しかけるアレクシスに驚愕していたエステルだったが、はっと我に返り、事件の詳細を話し始めたジークヴァルドの邪魔にならないようにと、静かに背後に控えた。

(……これって、外から竜が帰ってくる度に繰り返されるのかしら。ジークヴァルド様が辛くなければいいんだけれども)

ジークヴァルドにとって母親代わりともいうべき先代の長の最期を語るのを聞くのは、聞いているこちらの胸が痛む。

(それにしても、アレクシス様がちらちらわたしを見ているような……)

ジークヴァルドの話を聞いてはいるものの、アレクシスの視線が時々こちらに向いているような気がするのは気のせいだろうか。

髪と瞳の色がジークヴァルドと同色なのだから、ひと目でジークヴァルドの竜騎士だとわかるだろう。気になるのかもしれないが、それだけにしてはやたらと目が合う。その視線は興味深げだ。

そもそもアレクシスは何者だ。竜の力の序列からいうとどのあたりなのか、ジークヴァルドに対する態度が砕けすぎていて、さっぱりわからない。ただ、それほど下位の竜ではないだろう。そうでなければ子竜たちが慌てて逃げて行くわけがない。

エステルの疑問をよそに、話を聞き終えたアレクシスが、呆れ返ったように長い溜息をついた。

「――ったく、ルドヴィックはどうしようもないな。幼竜の頃から乱暴者だったが……。眠りについたのも、自業自得だろうよ。お前の力の暴走を真っ向から受けたとなりゃ、もしかしたらそのまま衰弱死の可能性もある。ま、同情の余地はないがな。――ところで」

ばりばりと頭を掻いたアレクシスが、今度こそきちんとエステルに視線を向けた。

「その人間の娘は、お前の竜騎士なんだよな。なぜ契約をしているんだ。お前には竜騎士は必要ないはずだろう。力が大きくなりすぎて、制御ができなくなったか？」

「力の制御は暴走さえしなければ、問題ない。この娘は――エステルは、俺の番になる予定の娘だ」

ジークヴァルドがちらりとこちらを振り返る。藍色の竜眼が険しかったものから、慈しむような穏やかなものになり、エステルは頬を赤らめて、ぐっと唇を引き結んだ。

(何も知らない竜にそれを言ったら、混乱しますから！　ああほら、ぽかんとしているじゃないですか……)

目を大きく見開いて、軽く口を開くアレクシスは明らかに驚愕している。当然だろう。新しい長の番が人間だなど、信じられるわけがない。

アレクシスはしばらく言葉を失っていたようだったが、徐々に理解したのか、満面の笑みを浮かべた。

「そうかそうか、番が見つかってよかったな！　いや、竜嫌いで人間には興味がないお前の番が人間なのは、ちょうどいい。それじゃあれか、長の引き継ぎのごたごたが片付くまでの期間限定の竜騎士か。人間は脆いからな、確かにその方がいい」

まさか全面的に賛成されるとは思わず、今度はエステルの方が驚く番だった。それはジークヴァルドも同じだったらしく、怪訝そうにアレクシスを見据えている。

「俺の配下以外の竜にはあまり歓迎されなかったが……、貴方はそうでもなさそうだな」

「長の番が見つかったのは喜ばしいことだろう。命の心配をしなくて済む。それにしても、人間の番か……」

アレクシスは安堵したような笑みを浮かべて、胸を撫で下ろしているようだったが、すぐに何かを考えるように眉を顰めた。

「――なあ、ジークヴァルド、ものは相談だが」

アレクシスが茜色の鋭い爪が備わった長い指で、すっとエステルを指した。程よい筋肉のついた腕を飾る、幾本もの腕輪がしゃらりと鳴るのが妙に耳に残る。

「この娘、番の誓いの儀式が終わったら、俺にくれないか」

言っている意味がよくわからず、エステルが首を傾げていると、アレクシスは何のためらいもなく先を続けた。

「番の誓いの儀式さえ済めば、何に対しても執着の薄いお前のことだ、後はどうでもいいだろう。だったら俺の竜騎士にくれ。放置されるよりは、その方がこの娘にとってはいいだろう。ちょうど俺も竜騎士に引退をしたいと言われて、契約を切ったところだ」

憐みの混じった視線を向けられて、エステルはようやくアレクシスが竜騎士に欲しいと言っているのだと理解して、ぎょっとした。

（そんなことができるの⁉　番って、一生添い遂げるものよね。それともわたしが人間だから可能なの？　どうしてアレクシス様はそんなことを突然言い出して……）

混乱した頭で考えていると、アレクシスがエステルを見据えながら静かに口を開いた。

「娘――エステルと言ったか？　竜の長の番としてこのまま人間がほとんどいない【庭】で一生過ごすより、番になった後に俺の竜騎士になって、国に帰った方がいい。故郷や家族、友人が恋しいだろう。本当は竜騎士になるために【庭】に来たはずなんじゃないのか」

諭してくるアレクシスの表情は、心底エステルのことを案じてくれているように見える。

（その通りといえば、その通りなのかもしれないけれども……）

どう答えたらいいのかと戸惑っていると、ふと先ほどからジークヴァルドがずっと黙り続けているのに気づいた。斜め後ろに控えているせいで、わずかに見える横顔だけでは表情がよくわからない。

「ジークヴァルド様？」

あまりにも静かなので心配になり、立ち尽くしているジークヴァルドの袖を軽く引っ張ると、その腕を取られて、腕の中に抱え込まれてしまった。そのまま息苦しいほどにきつく抱きしめられてしまう。

（うぐっ……、ちょ、ちょっと力が強すぎ……。これ、食事前にセバスティアン様に怒った時よりも怒っているわよね⁉）

近すぎて恥ずかしいというよりも命の危機を覚えたエステルの動揺をよそに、ジークヴァルドの地を這うような低い声が聞こえてきた。

「いくら貴方でも、言っていいこととそうではないことの区別くらいつくだろう。どこの竜が自分の番を他の竜に差し出す？　俺の番を竜騎士にだと？　エステルが人間だとはいえ、そんなことを承諾するわけがないだろう」

ジークヴァルドの周りに冷風が舞う。触れればただでは済まないだろうとすぐにわかる風の音に、エステルは青くなった。

「ジークヴァルド様！　お、落ち着きましょう。よく知らない竜の竜騎士になるわけがありません。番の返事はまだですけれども、番になってもならなくても、わたしはジークヴァルド様以外の竜騎士にはなりたくないですから！」

なんとか両手を伸ばして静かに激怒するジークヴァルドの頬を挟んだエステルは、アレクシスを射殺しそうな目で見据える彼の視線をこちらに無理やり向かせ、怒鳴るような勢いで訴えかけた。抱きしめ殺されるのでは、とひやひやとしていた腕の力がようやく緩む。

「竜騎士になれるのなら、お前はどの竜でもかまわないのだろう」

淡々とそう口にしながらも、ジークヴァルドがかすかに怒りを帯びた目を向けてくる。どこか責められている気になってくる声音に、エステルは憤慨したようにジークヴァルドの頬に触れた手に軽く力を込めた。

「憧れだった銀の竜の竜騎士になれたんですから、他の竜の竜騎士になんて今更なりたくありません。もったいない」

「もったいない？　どういうことだ」

不可解そうに眉を顰めたジークヴァルドに、エステルは苦笑した。

「もったいないですよ。だって、これから番の返事をするまでの一年間は必ずジークヴァルド様の竜騎士だった記憶があるんですから。そこに別の竜の竜騎士になった記憶を重ねるのはもったいないです。番にならないのなら、リンダールに帰ります」

楽しくて嬉しい記憶になるのか、苦しくて悲しい記憶になるのかまだわからないが、竜騎士の記憶、というのはジークヴァルドの竜騎士の時のものだけでいい。

はにかむように笑ってジークヴァルドを見つめると、目を見張っていたジークヴァルドがやんわりと抱きしめてきた。そうしたかと思うと、頬を挟んだエステルの片手に自分の手を添えて、頬をすり寄せてくる。

「俺だけの竜騎士でいたいと、そう言ってくれるのか」

柔らかく目を細めるジークヴァルドに、今更ながらじわじわと恥ずかしさがこみ上げてきた。

(手ーっ！　首をすり合わせるのが竜の愛情表現、って聞いたことがあるけれども、え、これはそうなの？　違うの？　あ、首じゃないから違う？　どっちにしろ、変わらない？　でもちょっと可愛い……。――可愛いって何よ!?)

耳まで赤くなっているのを自覚していたが、それでも放してほしいとは思わない自分に、なおさら羞恥が募る。

そもそも、あの出会ったばかりの頃の冷徹な視線を向けてきた銀の竜はどこへ行ったのだろう。こんな風に間近で触れ合うことは絶対にさせなかったはずだ。

自分で招いた事態だというのにもかかわらず、動揺してエステルが内心で叫びまくっていると、唐突にアレクシスが弾けるように笑った。

「ジークヴァルドお前……。いや、驚いたな。竜でさえも鬱陶しいと遠ざけていたお前が……。いやいや、真に受けるな。相変わらず冗談が通じない奴だな。お前が人間の番をどう扱うのか見てみたかっただけだ。悪かった。そう怒るなよ」

エステルはぽかんとして、あんぐりと口を開けた。

妙に真剣な素振りだったが、まさかあれが冗談だったとは。的を射ていただけに、なおのこと心臓に悪い。

エステルの頬から手を離したジークヴァルドが、アレクシスをきつく睨み据える。

「質の悪い冗談はやめてくれ。貴方の方こそ相変わらずふざけた性格だな」

「悪かったと言っているだろう。ただ……気になるんだけどよ。番の返事がまだとか、番にならないとか、それは何なんだ」

アレクシスの不可解そうな呟きに、エステルは自分の言動を反芻して逆に血の気が引いた。

人間が竜の申し出を断るなど、普通はありえない。怒るどころでは済まないだろう。

「わたしが悪いんです！　わたしが種族が違うことを気にして、ぐずぐずとしていたので、ジークヴァルド様がわたしの心の整理がつくまで、番の返事を待ってくれているだけなんです」

変に誤魔化してもすぐにわかるだろう。エステルが正直に説明すると、アレクシスは不敬だとは思わなかったのか、少し驚いただけで何かを考えるようにわずかに沈黙した。

「——つまり実際には、口説いている最中、ということだな」

そうかそうか、と何やら一人で納得したようににんまりと笑うアレクシスに、どことなく嫌な予感がした。ジークヴァルドもそう思ったのか、エステルを抱き寄せたままの腕に再び力がこもる。

「それは楽しみがいがありそうだな」

面白そうな声に、唖然としてしまう。

竜は命がかかっているからこそ、番を得ることに必死になる。それを楽しいと口にするとは思わなかった。

(普通の竜は人間の意思なんて関係なく、さっさと番にしてしまえばいい、とか言うのに)

当然のことながら、ジークヴァルドが不愉快そうに眉を顰めた。

「さっさと棲み処に帰ってくれ。俺は忙しい。貴方に付き合っている暇はない」

「わかった、わかった、帰るさ。——また今度、様子を見に来るとするか」

ジークヴァルドに睨みつけられてもものともせずに、むしろ豪快な笑い声を上げたアレクシスは、すぐに華やかな衣装の裾を揺らして身を翻した。涼やかな腕輪の音が遠ざかる。

窓からバルコニーに出たアレクシスは、その身を朱金の鱗の竜に変えたかと思うとためらうことなく飛び立っていってしまった。

驚いたままそれを見送っていたエステルは、アレクシスの姿が夕闇の向こうに見えなくなるなりほっと体の力を抜いた。いくら怖くはない印象の竜だったとはいえ、それでも竜だ。いつの間にか緊張していたらしい。

「――大丈夫か？」

案じるように背中を撫でてくれるジークヴァルドを、情けなく笑って見上げる。

「大丈夫です。ええと……包容力のありそうな方ですね」

「……大らかで、面倒見はいいが、どうもあのふざけた性格は受け付けない。俺がいくら邪見にしても、絡んでくるのが鬱陶しい」

面倒そうにこぼすジークヴァルドの指先が、エステルの首筋をやんわりと撫でてきた。まるで癒しを求めて猫を愛でるかのような仕草に、つい頬を赤らめてわずかに身を引いてしまう。

「か、絡んできたってことは、強い力を持つ方なんですね」

ほとんどの竜がその強大な力を恐れてジークヴァルドに近づかないのだ。それなりの力があるのだろう。

エステルの些細（ささい）な仕草をもの言いたげに見つめていたジークヴァルドが、やがて小さく嘆息すると抱き寄せていたエステルを解放した。

「アレクシス殿は――俺が成竜になる少し前まで、次期長と言われていた竜だ」

告げられた朱金の竜の正体に、エステルは瞠目した。

「そんなに上位の竜の方だったんですか!?」

「ああ。俺がアレクシス殿よりも力が上になるだろうと気づいてすぐに、あっさりと次期長の地位を放り出したかと思うと、竜騎士を得てさっさと【庭】を出て行った」

「……ルドヴィック様に比べると、随分と潔いですね。どちらの方が普通の反応なんですか？」

「長の継承では規模は違っても諍いが起こるのが普通だ。アレクシス殿はそれが起こるのを嫌って出て行ったからな。まさかそのまま百年近く【庭】に戻ってこないばかりか、消息不明になるとは思わなかったが」

鬱陶しいとは思ってはいても、同朋が無事に帰って来たのは安堵しているのだろう。アレクシスが飛んで行った方角を見据えるジークヴァルドの眉間には皺が寄っていない。

(前の長の他にも、ジークヴァルド様のことを気にかけてくれていた竜がいたのね)

ジークヴァルドが心穏やかでいるのは、こちらまで嬉しくなる。

「でも、すごく華やかな方ですね。朱金の鱗は見たことがないです。太陽みたいな色の鱗ってあるんですね……。人の姿も、あれって、東方の国の服装ですよね。絵では見たことがありますけれども、実際に身につけられている方は初めて見ました。装飾品もすごく繊細で綺麗で……」

もっとよく観察をしてみたかった、とうっとりと思い出していると、ジークヴァルドがじっとこちらを睥睨しているのに気づいた。

「ええと、すみません。つい語ってしまって」

「……番が他の雄を褒めるのは、不愉快なものだな」

眉を顰めるジークヴァルドに、エステルはきょとんと目を瞬いた。

「不愉快って……。絵の参考にしたいだけですよ。それにどんなに綺麗な竜を見ても、やっぱり一番綺麗で描きたいと思うのはジークヴァルド様です。これは絶対に譲れません！」

幼い頃から憧れ、ずっと心をつかんで離さないのは、やはり銀の竜だ。

エステルが力強く言い切り、満面の笑みを浮かべると、ジークヴァルドはなぜか真顔になった。そのままエステルを引き寄せてきたかと思うと、その腕の中に閉じ込められてしまう。

「ジ、ジークヴァルド様？」

「お前は装飾品も好きなのか？」

全く脈絡なく尋ねられて、あたふたとしていたエステルは、頭に疑問符を浮かべた。先ほどアレクシスが装飾品を沢山つけていたのに見惚れていたからだろうか。

「見るのは好きですけれども、自分ではあまりつけません。絵を描くのに邪魔ですし」

「そうか、わかった」

「わかった、って……。何がですか⁉」

何を決めてしまったのかわからずにエステルが問いかけてもジークヴァルドは答えず、ユリウスたちがやってくるまで、エステルを抱き寄せたまま放してくれることはなかった。

【庭】の力の調整をするために塔を出発する前日、塔の竜騎士候補用の厨房に、パンやビスケットを焼いた香ばしい香りが漂っていた。

「エステル」

【庭】を巡る際の食料として野営地に運んでもらうため、ユリウスと共に日持ちするようなパン等を焼き、つまみ食いをしようとするセバスティアンを制しながら、それをせっせと木箱に詰めていたエステルは、ふいに戸口に現れた人の姿のジークヴァルドに呼びかけられ、驚いて顔を上げた。

「ジークヴァルド様、どうしたんですか？　こんな所に来て……」

「お前に渡したい物があって、探していた」

「何ですか？」

首を傾げてジークヴァルドに近づいて行ったエステルは、目の前に差し出された物にぱちぱちと目を瞬いた。

耳の横の形に沿うような上品な意匠の片方だけの耳飾りだ。緩やかな曲線に沿って銀に一滴の青を垂らしたような色の小粒の石がいくつも並んでいるが、大きさが違うものなら見覚えがある。

「すごく綺麗ですけれども……。これ、もしかしてジークヴァルド様の鱗ですか？」

「ああ、【庭】を巡るのに何があるかわからない。護符代わりにやろう。装飾品はあまりつけないと言ったが、これなら邪魔にならないだろう」

「いいんですか？　ありがとうございます！　……あ、でもわたし耳飾りの穴が開いていないんですけれども……」

今ここで開けるのか、と恐々とジークヴァルドを見上げると、彼は目元を緩めた。

「これは耳に挟むだけだ。怖がらなくていい」

そう言ったかと思うと、ジークヴァルドが一歩近づいた。エステルがぎょっとしているうちに、ジークヴァルドはあっという間にエステルの右耳の横に耳飾りをつけてしまうと、そのまま首筋をするりと撫でた。

「――よく似合っている。……外して絵を描くための顔料になどするなよ」

エステルが真っ赤になったままこくこくと頷くと、ジークヴァルドは満足げに小さく笑って足早に厨房を出て行った。

（し、心臓に悪い！）

ばくばくと速くなる鼓動を感じながら、耳元に手をやると確かについているのがわかって、なおのこと顔が熱くなる。ふいにセバスティアンがユリウスから貰ったらしい黒パンを頬張りながら、驚いたようにまじまじとエステルを見ているのに気づいた。

「な、何かおかしいですか？」

「おかしいっていうか……。エステルはもう竜騎士だから髪も目の色もジークと一緒なのに、自分の鱗まで身に着けさせるんだから、ジークって独占――」

「セバスティアン様、これも食べていいですよ」

素早く寄って来たユリウスが主竜（しゅりゅう）の口を塞（ふさ）ぐように、顔ほどもある白パンを押し付けた。たちまち幸せそうにかぶりつくセバスティアンを尻目（しりめ）に、ユリウスがぐるんとこちらを向いた。

「エステル、あっちのビスケットも詰めていいよね」

「え、そうね。わたしがやるわ」

セバスティアンの言いかけた言葉が気になったが、忙しいことを思い出したエステルははっとして作業台の上に並べられた冷めたビスケットの前に立った。

(独占……？　ただのお守りよね？　それとも竜だと意味が違ってくるの？)

革袋にビスケットを詰めながらつらつらとそんなことを考えていたエステルは、ふと耳に手をやった。

見た目よりも重さを感じない耳飾りの冷たさは、ジークヴァルドの鱗の温度に似ている。

それがなぜか嬉（うれ）しい。

エステルは、知らず知らずのうちに唇に笑みを浮かべた。

＊＊＊

頬に当たる初秋の風は本来なら吹き飛ばされるような強さのはずだが、竜騎士となった今はそよ風程度にしか感じない。それでも背筋を伸ばして長時間乗るのは、いくら緩和されたとはいえ高所恐怖症のエステルにとってはまだ難易度が高い。

【庭】の異変の調整と古老たちへの挨拶へ向かうため、悠然と空を飛ぶ竜の姿のジークヴァルドの背中に半ば突っ伏すように乗りながら、エステルは銀の竜の後頭部をそっと見やった。陽光を弾く二本の真っ直ぐな銀の角が綺麗で、つい見惚れてしまう。

感嘆の溜息をつくと、ふいにジークヴァルドが軽く頭を振った。わずかに伝わる振動に、悲鳴を上げかけて慌てて唇を引き結ぶ。

『そこで溜息をつくな。むず痒い』

心地悪そうにたしなめられて、エステルは小さく身をすくめた。

「すみません」

『もうそろそろ着く。怖くてもあと少し耐えろ』

溜息をついたのはそちらの理由ではないので、案じてくれたジークヴァルドに申し訳なくなっていると、ふいに若葉色の竜の姿のセバスティアンが下から浮き上がるように近づいてきた。その背中にはユリウスがぴんと背筋を伸ばして乗っている。潰れた蛙のようにへばりついているエステルとは大違いで、悔しい。

『ジーク！　やっぱりあっち、変な感じがするよ』

『報告にあった通り、樫の木の古老の棲み処の近くだな。先に調整をしてから訪ねよう』

ジークヴァルドが林の中に少しだけ開けた草地目掛けて高度を徐々に下げた。竜騎士になったとしても、やはり降下して着陸する時が一番恐ろしいのは変わらない。

きつく目を閉じて、銀の鱗に置いた手に力を込める。絶対に落ちないとわかってはいても、小刻みに震える体はどうしようもない。

ざわざわと木々の葉がこすれる音が耳を打つ。吹き飛ばされた葉が、時々頬をかすめて飛んで行った。

とん、という軽い衝撃と共にジークヴァルドが地面に降り立ったのだと気づくと、エステルはほっと息を吐いた。はっとして慌てて片手で口元を覆う。

（つと……、溜息をつくとむず痒い、って言っていたわよね。気をつけないと）

地上に降りる度に息をついていたと思う。今まで我慢をさせてしまっていて、悪いことをした。

『どうし――。気分が悪くなったか？　少し待て』

エステルがなかなか降りないことを不審に思ったのか、ジークヴァルドが首を巡らせてこちらを振り返る。口元を押さえるエステルを見て、吐きそうだとでも勘違いしたのか、わずかに焦りを帯びた声を発すると、エステルを乗せたままふわりと人の姿へと変わった。

乗っていたジークヴァルドの背がなくなり、人の背丈よりもさらに高い場所から突然放り出される。腹の底が持ち上げられるような浮遊感に、悲鳴が喉の奥に張り付いた。

「――っ!?」

地面に落ちる、と強張らせた体は、しかしながら途中で五月の薫風のような爽やかな風に包み込まれるようにして、ゆっくりと地面に下ろされた。

安堵したのも束の間、人の姿のジークヴァルドが座り込んだエステルのすぐ傍に膝をついて顔を覗き込んでくる。目の前に突然現れた銀の髪の青年に、やはり軽く肩を揺らして驚いてしまった。

「大丈夫か？　これほど長く飛んだことはないからな」

「はいっ、大丈夫です。元気です！　問題ありません」

慌てて立ち上がってみせると、心配そうに眉を顰めていたジークヴァルドは一応安堵したのかゆっくりと立ち上がった。

「クリストフェルにも言われただろう。体調が悪いようなら、早めに言え。すぐに対処ができるとは限らないからな」

　塔の周辺やジークヴァルドの棲み処辺りまでなら、【庭】と人間の国を隔てる出入り口に近く人の薬や生活用品も手に入りやすいが、離れれば離れるほど、人にとっては住みにくくなるそうだ。

「わたしのことよりも、ジークヴァルド様は大丈夫ですか？　お怪我の状態は……」

「心配するな。悪化はしていない」

　エステルが頷くと、それを確認したジークヴァルドは異変がある場所を探すように周囲を見回した。そうしてすぐにある一点に目を留める。

「ああ、あそこか」

「あれは……、地割れですか？」

　少し先の林の中に、それほど大きくはないが地面がひび割れている場所があるのが見えた。緩やかな曲線を描く様はどこか大きな蛇を連想させる。

「変わった地割れですね。普通は竜の歯みたいに山型になっているはずですよね？」

「普通ではないからこその異変だ。――そこから動くな。巻き込まれるぞ」

　ジークヴァルドが再び竜の姿になり、地割れの傍へと飛んで行った。それと入れ替わるように、すぐそばにセバスティアンが降り立つ。

『僕の陰に隠れていてね。吹き飛ばされるかもしれないから。ユリウス、一緒に翼の下に入れてあげていいよ。そうじゃないと、多分凍えちゃうし』

「エステル、こっち」

セバスティアンの背から滑り降りてきたユリウスが手招きをしてくれたので、ありがたくセバスティアンの翼の下へと入り込ませてもらう。

「ねえユリウス、わたしがジークヴァルド様の傍にいなくても、力の制御がうまくいくの？」

「ジークヴァルド様がいいって言うなら、大丈夫なんじゃないの。力の限り争うわけじゃないんだからさ」

そう言われても、力の暴走を見てしまった後としては、多少不安になる。何気なくジークヴァルドに貰った耳飾りに触れ、確かにそこにあるのを感じると、エステルは口元を綻ばせた。

「……そんなに嬉しいの？」

ふいに傍らのユリウスがじっとりとした目を向けてきた。

「嬉しいわよ。だって憧れの銀竜の鱗だもの」

「そこはジークヴァルド様から贈られたから嬉しい、じゃないんだ？」

「どういうこと？」

「鱗が貰えたから嬉しいのか、贈られた行為が嬉しいのか、どっちなんだろうな、と思っただけだよ」

エステルは目を瞬いた。

「そう言われてみると……。うん、どちらも嬉しい、かしら」

以前貰ったスケッチブックや、ジークヴァルドが自ら作った花冠も嬉しかった。どれもこれもエステルのことを考えて贈ってくれたものだ。品物も嬉しいが、贈ろうとしてくれた気持ちが嬉しくないわけがない。

（でも、貰ってばっかりで、何も返せていないような気がする……）

この件が終わり、もう少し落ち着いたら、絵を描いて贈ったら喜んでくれるだろうか。

こそこそとユリウスと話しているうちに、ジークヴァルドが氷交じりの風を起こした。竜巻のように渦巻く氷の風が、地割れをゆっくりと撫でていく。しかしながら、通った後は何の変化も起きない。そうしてまだ割れたままだというのに、ジークヴァルドはある程度地割れに風を送ると、そのままやめてしまった。

「まだ直っていないけれども、いいの？　それともやっぱり力の制御がうまくいっていないのかしら」

傍らに立つユリウスに不可解そうに尋ねると、弟もまたよくわからないのだろう。首を傾げて自分の主竜を見上げた。

「どうなんですか？」

『ん？　あれで大丈夫だよー。誰だって怪我の手当てをしてすぐには治らないよね。ジークの力が浸透すれば、そのうち直るよ。今ので狂っちゃった力の均衡も調整したから、これ以上広がらないと思うし』

セバスティアンの説明からすると、どうやら土地の手当てをしていると考えればいいらしい。調整を終えたジークヴァルドは、確認をするかのように一度高く舞い上がった。早朝にジークヴァルドの棲み処から出発したせいか、空に浮かぶ太陽はまだ昼前を示している。――と、その太陽をさっと横切る竜の影があった。

「あれって……アレクシス様!?」

どこからともなく現れた見覚えのありすぎる朱金の鱗の竜の姿に、驚きで目を見張っていると、アレクシスはどういうわけかまるで墜落するような速さでこちらへと降りてきた。

「えっ、どうしてこっちにくるの!?」

ぶつかる、と思う直前に、ばさりと翼の音がして、目の前が薄緑の被膜に覆われる。次いで、低く咆哮する竜の声が響いた。それとほぼ同時に、轟音と共に突風が吹き付けてくる。被膜に覆われていてもなお隙間から漏れてくる風は、身を切るように冷たい。

何が起こったのかよくわからず、咄嗟にしがみついてしまったユリウスの腕にすがったままでいると、いくらもたたないうちに風の音がやんだ。

『……あのまま突っ込むところだった。いや、助かったぞ。ジークヴァルド』

朗らかな声が響いてきたかと思うと、視界を覆っていた薄緑の被膜――セバスティアンの翼がそっとどけられる。そうして現れた光景に、エステルは目を丸くした。

地面に転がるように倒れた朱金の竜と、それを滞空したまま睥睨している銀の竜の姿に、どうやらジークヴァルドが着地に失敗しかけたアレクシスを吹き飛ばしたらしい、と気づく。

ほっとしていいのかアレクシスを心配した方がいいのか迷っていると、冷風から守ってくれていたセバスティアンが盛大な溜息をついた。

『アレクさん、帰ってきたって聞いていたけど、本当に帰ってきていたんだー……』

憂鬱そうに呟くセバスティアンの様子に、エステルはユリウスと顔を見合わせた。乱暴者のルドヴィックが苦手だと言っていたのは理解できるが、ふざけることはあっても、ジークヴァルドが大らかで面倒見がいいと言っていたアレクシスを嫌う素振りを見せるのがわからない。

「セバスティアン様、ありがとうございました」

『守ってあげないとジークが怒るからね。……って、うわぁ……こっち見た』

礼を言ったエステルに胸を張ったセバスティアンだったが、ようやく体を起こしたアレクシスが、じいっとこちらを見据えているのに気づくと、心底嫌そうに唸って数歩後ずさってしまった。

『おお、セバスティアンじゃないか。お前、ちゃんと飛べるようになったんだろうな。そいつ竜騎士だろう。竜騎士がいてもまさかまだうまく飛べないってことはないよな』

実に楽しそうに尾を揺らすアレクシスに話しかけられたセバスティアンがぶるぶると震えだしたかと思うと、ひょいとユリウスの襟首をくわえて背中に乗せ、慌ただしく空へと舞い上がった。

『飛べるよ！　飛べるから、もう特訓はしなくていいよ！』

『わかった、わかった。それだけ飛べりゃ、大丈夫だな』

あれほどセバスティアンが憂鬱そうだったのは、どうもアレクシスからかなり厳しく飛ぶ訓練を受けていたせいのようだ。

空を縦横無尽に飛びながら、情けなく叫ぶセバスティアンを豪快な笑い声を上げて嬉しそうに見上げているアレクシスを唖然として見つめていたエステルだったが、ふと違和感を覚えた。

（あれ？　何だか……）

まじまじとアレクシスを眺めていると、その間に降下してきたジークヴァルドが竜の姿のまますぐ傍に降り立った。

『怪我はないな』

「はい、ありません。――あの、ジークヴァルド様、アレクシス様の翼、片方がほとんど動いていないような気がするんですけれども……。お怪我でもされているんでしょうか」

セバスティアンをからかうように羽ばたかせる右の翼に対し、左の翼が先ほどから折りたたまれたまま動いていない気がする。アレクシスが初めて塔のバルコニーに現れた時、片翼がないように見えたのはそのせいだったのかもしれない。

『ああ、あまり動いていないな。上でも飛んでいる、というより風に乗っているように見えた。普通に考えればあの翼で【庭】に帰ってくるのは無理なはずだが……。休み休み帰ってくれば可能なのか？』

考えるように目を眇めたジークヴァルドの不可解そうな様子に、エステルもまた首を傾げていると、セバスティアンをからかうのをやめたアレクシスが、ぐるりと首をこちらに向けた。夕日色の竜眼も朱金の鱗もジークヴァルドとは違う温かみのある美しさで、触れて確かめてみたくなる。

『力の調整をするのに【庭】を回っているのか？　長を引き継いだばかりだと大変だろう』

『ああ。手伝いに来てくれたのか？』

『いやいや、墜落するような俺がお前の手伝いなどできるわけがないだろう』

苦笑いをしたアレクシスに、それならば何をしに来たのだろうと疑問が浮かぶ。

『――悪いが今日中に古老への挨拶を何軒か済ませてしまいたい。何の要件だろうか』

ジークヴァルドが穏やかながらもどこか面倒そうに尋ねると、アレクシスは少し口を噤み、エステルを真っ直ぐに見据えてきた。あまりにも躊躇なく見つめてくるので、万が一にでも魅了をかけてしまったら大変だと、慌てて目を逸らす。

『その娘……エステルに会いに来た。この前竜騎士に欲しいと言ったのは冗談だと言ったが、やっぱり気になってな。人間が【庭】で暮らすのは大変だ。さっきも墜落したことだし、俺にはちょうど竜騎士が必要だ。真面目な話、番になった後に、竜騎士として引き取ってやるぞ』

『……――たとえ竜騎士がいたとしても、怪我が早く治るわけではないだろう』

『怪我……？　怪我などはしていないぞ』

アレクシスが不思議そうに目を瞬いた。

『何を言っている？　怪我を負って、左の翼がうまく動かせないのだろう』

『――左の、翼……。ああ、これは力がうまく操れないせいだ』

ジークヴァルドに指摘されて初めて気づいた、というようなアレクシスの様子に、わずかながら違和感を覚えたが、当の本竜はさほど気にしていなさそうに先を続けた。

『ともかく、エステルのためを思うなら俺に託せ。いくらエステルがお前の竜騎士でいたいと言っていても、説得すれば気が変わるかもしれないだろう』

『――寝言は寝てから言ってくれ』

ジークヴァルドがこれ以上は聞く気はない、とばかりに翼を羽ばたかせる。ちらりとこちらに落とされた視線の動きが早く乗れと促しているのに気づいて、エステルは体を傾けてくれたジークヴァルドに急いでよじ登った。

『エステルは高所恐怖症で、魅了の力も持っている。加えて、面倒なことこの上ない弟や小うるさいアルベルティーナもついてくるぞ』

ふわりとジークヴァルドが舞い上がる。唐突に浮き上がり、エステルは息を呑んで素早くジークヴァルドの背中に身を伏せた。空を旋回していたセバスティアンが、さっと寄ってくる。

『竜騎士が欲しいのなら、来年の竜騎士選定を待て。俺たちは忙しい。貴方の戯れ言に付き合っている暇はない』

　それだけ言い残したジークヴァルドは、すぐさま翼を羽ばたかせてその場から遠ざかった。何かを言い返すなり、追いかけてくるなりするかと思ったアレクシスは、しかしながらそんな素振りを見せることなく、ただじっとこちらの姿を見送っているようだった。

「諦めてくれるでしょうか」

『諦めてもらうしかないが、どうだろうな』

　おそらく、力でねじ伏せて諦めさせることはジークヴァルドならできるのだろう。ただ、片翼が不自由なアレクシスにはやりたくないのかもしれない。

「あの……まさかとは思いますけれども、魅了をかけてしまったということはありませんか？」

【庭】に来たばかりの頃、竜たちに竜騎士にしたいと群がられた記憶が蘇る。無意識にかけてしまったのかと思うと、後ろめたい。

『元次期長だぞ。かかるわけがない。怪我をしていても、力が弱っているような感じもしないからな。アレクシス殿がおせっかいすぎるだけだ。心配するな』

　ジークヴァルドが断言してくれたので、エステルはほっと胸を撫で下ろした。

【庭】の異変の調整や古老たちへの挨拶回りで忙しいというのに、さらにかなりやっかいな問題が飛び込んできたようだ。

(とりあえず、アレクシス様には毅然とした態度で断らないと)

決意も新たにぐっと拳を握ると、それに気づいたジークヴァルドが、余計なことはするなと釘を刺してくるのに、エステルは首をすくめてその背に身を伏せた。

＊＊＊

長い年月風雨にさらされた巌のように硬そうな鱗を持つ灰色の老竜が、微動だにせずにエステルを見下ろしていた。

灰色の竜の後ろには小高い丘に沿うように、今にも崩れそうな城塞にも似た竜の棲み処があり、所々に絡んだ蔦に名も知らない淡い紅色の花が咲いている。その前に佇む灰色の竜の姿は、それだけで一枚の趣のある絵画のようだった。

(年をとっても竜は綺麗よね……。ああもう、あの傷とか、あっちの苔むしたところとか。歳月を重ねた趣というか、貫禄がすごい！　まさか描かせてもらえるなんて、思わなかったわ)

膝に載せたスケッチブックに木炭を走らせながら、恍惚とした表情で灰色の竜を見上げる。

目が爛々とし、おそらく魅了の力も発揮してしまっているだろうに、目の前にいる灰色の竜は老成した落ち着きを宿す青緑の双眸で、穏やかにエステルを眺めていた。

――あら、絵がお好きなの？　私の絵を一枚描いていただけないかしら。魅了の力がある？　あらまあ本当だわ。まあまあ大変ねえ。ねえ、ジークヴァルドいいでしょう？

古老の棲み処を二か所回った後、先の二頭はエステルにそれほど興味を示すことなく、いかにも老竜、といった威厳のある風情でジークヴァルドの挨拶を受けるだけだったのに対し、この三頭目のころころとよく笑う可愛らしい雰囲気の竜の老女は、魅了などなんのその、興味津々というようにそう頼んできたのだ。

今日の訪問はこの竜で終了する予定だったので、時間に追われているということはなかったが、それでも描くのをためらったのは言うまでもない。しかしながら、大丈夫よとにこにこと押し切られてしまい、現在に至っている。

本音では描きたくてたまらないというのを、竜に見抜かれている気がする。

（一応、魅了にかかっていそうだと思ったらやめてもいい、とは約束してもらえたけれども。絵を描いてほしいって言われると、断り切れない自分が憎い……。でも、スケッチブックを持ってきておいてよかった）

万が一、ジークヴァルドたちとはぐれてしまった時のため、携帯食と水を持ち歩いているが、それに加えてスケッチブックもポケットに忍ばせている。どうしてもこれがないと落ち着かない。

ジークヴァルドは古老の頼みを聞かないと面倒だとでも思ったのか、渋々と頷いたものの、エステルが絵を描く姿を見るのが楽しいのか、意外にも急かしもせずに待ってくれている。ユリウスたちは、先に今夜の野営地の設営をしておくと行ってしまった。

なるべく目だけは見ないようにしつつ、どうにか描きって渡すと、灰色の竜はうんうんと嬉しそうに頷いてくれた。

『まあ、懐かしいわ。私も竜騎士がいた頃はそこの国の絵師に沢山描いてもらったものよ』

絵の周りを棲み処を彩っているのと同じ蔦と花でまるで額縁のように飾った灰色の竜が、懐かしそうに目を細めた。その様子に、ふとあることを思いつく。

「竜騎士……。――あの、質問をすることを許していただけますか？」

しみじみと絵を眺めるこの灰色の竜なら、人間を邪険にすることなく質問することに答えてもらえる気がした。

『エステル、やめろ』

『いいのよ、ジークヴァルド。どうぞ。何かしら？　ジークヴァルドのこと？』

エステルを咎めるジークヴァルドを制した灰色の竜は、エステルの耳飾りに視線を向け、小首を傾げて楽し気に目を輝かせてくる。それに対し、エステルは真剣味を帯びた目を向けた。

「竜が竜騎士を得ようとするのは、どんな理由からくるものなんでしょうか」

【庭】で暮らしていく分には、人間に力を分け与えて力を操りやすくする必要はないのだ。

そこを竜騎士を選び、人の国を強大な力で壊してしまわないように力を分け与えてまで外へ出ようとする竜がいるのは何故なのだろうか。これまで竜騎士を得たことがないジークヴァルドや、力がうまく操れず竜騎士がいなければ飛ぶのにも支障が出るセバスティアンにはわからないことだろう。

アレクシスが人間の番のエステルを案じているのとは別に、竜騎士にしようとしている理由があるかもしれない。それがわかれば諦めてもらうきっかけが掴める可能性がある。

『そうねえ、竜にもよるけれども……。か弱い人間に力を請われると助けてあげたくなるからかしら。人はよく竜の慈悲とか口にするけれども、ただ必要とされる喜びを感じたいからなのよ。あとは――面倒だから、なのでしょうね』

思ってもみない返答に、エステルは先ほどの灰色の竜と同様に首を傾げた。

『竜は力が強い者には逆らわない。これだけを守っていれば細かいことは気にしないわ。逆に人間は面倒なしがらみも沢山あって、本当に複雑。でも、だからこそ面白いの。気に入った人間がいればなおさら。良くも悪くも、穏やかな【庭】では感じることができない感情や経験を与えてくれるのは、何よりも得難くて楽しいことよ』

ただ安穏と過ごすだけでは退屈、そう言っているのかもしれない。ジークヴァルドと長の座を争ったルドヴィックも退屈で仕方がないと口にしていた。

『まあでも、私たちはその気になれば、人の国など簡単に滅ぼせてしまえるわ。だからいくら竜騎士を欲しがっている竜でも、我を忘れるほど怒らせては駄目よ』

上位種の竜らしい答えを口にして機嫌よく尾を揺らした灰色の竜は、うふふといたずらっぽく笑った。

そのことにぞっとしつつ、エステルもまた笑みを浮かべる。

（それは頭に置いておくとしても……。ただ退屈したくなくて、おせっかいなくらいで帰ってきてすぐに外に出ようとするの？　やっぱり魅了にかかっているから、竜騎士にしたい、なんて無謀なことを言い出したんじゃ……）

だが、ジークヴァルドはかかっていないと言う。

エステルが考え込んでしまうと、ふいに灰色の竜がこほんと咳ばらいをした。

『聞きたいことは、それだけかしら？』

「はい、ありがとうございました。とても勉強になりました」

『知りたいことがあれば、いつでもいらっしゃいな。そうねえ、ジークヴァルドの愚痴でもかまわないわ。こんなおばあちゃんの話し相手をしてくださるのなら、なんでも歓迎よ』

灰色の竜がジークヴァルドを恐れる様子など一切見せずに、さらりとそんなことを口にする。

ぴりっとした怒気が一瞬だけ背後から漂ってきて寒気を感じたが、エステルはあたりさわりのない笑みを浮かべるだけにしておいた。

『――そろそろ暇を請おう。邪魔をした』

苛立ちを収めたジークヴァルドが腰を上げたので、エステルも一礼をして傍に駆け寄る。気づけば、そろそろ日が暮れ始めている。先に野営地に向かったユリウスとセバスティアンが待ち侘びているだろう。

エステルがジークヴァルドの背中に乗って、いざ飛び立とうとした時、ふと思い出したように灰色の竜の老女がぱたん、と軽く地に尾を打ち付けた。

『そうそう、ジークヴァルド、奥へは行く予定かしら？』

『異変が起こっているのなら、行かなければならなくなるだろう』

『では、お気をつけなさいね。奥には昔の考えを捨てきれない竜もいますから』

『――そうだな』

灰色の竜がエステルに心配そうな目を向け、ジークヴァルドが嫌悪を帯びた声でそれに頷く。

(奥？　昔の考えが捨てきれない竜、って人間嫌いの竜のことかしら……)

わざわざ忠告をするということは、危険な目に遭う確率が高いのだろう。だが、他の誰よりも強い力を持つジークヴァルドが危険にさらされるというのはほぼありえない。可能性があるとすれば、エステルの方だ。

「――ジークヴァルドさ……っ」

疑問を問うよりも早く、ジークヴァルドが空へと飛び上がった。いつもより数段速い速度でみるみるうちに地上が遠ざかる。普通に飛んでいればそよ風程度にしか感じられない風が、ひゅうひゅうと音がするほど強く吹き付けてきた。

（なんかこれ、質問されるのを避けているような……っ。ちょっと、待って、待ってください！）

あまりの速さに、ここしばらくはなかったというのにすうっと意識が遠のきかけた。おそらく竜騎士でなければ、とっくに前後不覚に陥っていただろう。それほどまでに聞かれたくないことがあるのかもしれない。

野営地に到着するなり、膝が笑って立てなくなったエステルを見て激怒したユリウスが、ジークヴァルドに理由を問い質しても、ただエステルに休むようにと言っただけで、銀の竜は頑としてその理由を口にすることはなかった。

＊＊＊

「おはようございます、ジークヴァルド様。夕べはおかげ様でゆっくりと眠れました」

夜も明けきらぬうちに野営地に張った天幕の中でぱっちりと目を覚ましたエステルは、隣で寝ていたユリウスを起こさないように身支度を済ませて外に出ると、天幕のすぐ傍で寝そべっていた竜の姿のジークヴァルドが物音に気づいて目を開けるのを見るなり、慇懃無礼な態度でにこにこと挨拶をした。

『――ああ』

すいと目を逸らし、そのまま二度寝するように目を閉じてしまったジークヴァルドを見て、エステルは苛立ったように背を向けた。昨日に引き続き、エステルに質問をさせてくれる気は一切ないらしい。

「水を汲んできます」

それだけ言い置き、うっすらと未だ火が残っている焚火の傍にあった桶を手に取り、近くを流れている川へと向かう。

（昔の考えって何？　セバスティアン様は知っているかしら……。本当に危ないことだったら、聞かせたくなくても教えてもらわないと、気をつけようもないのに）

沸々とした怒りを腹にためつつ、辿り着いた川から桶で水を汲み上げる。桶を岸辺に置き、ひやりと冷たい川の水で洗った顔を上げたエステルは、ちょうど頭を出した太陽が川の水を反射して煌めく光景を見て、目を輝かせた。

あっという間に怒りを忘れ、顔を拭くといそいそとポケットにしまっていたスケッチブックを取り出そうとした時だった。

「――やあ、早いなエステル。水汲みか？」

朗らかな声が耳を打ち、エステルは慌てて顔を上げた。

いつの間に現れたのか、昇り始めた朝日に照らされた朱金の髪を持つ青年竜が、川の対岸に立っていた。今日は人の姿のアレクシスは、初めて見た時と同様に東風の衣装がとても華やかで、口元には爽やかな笑みが浮かべられている。無意識のうちに取り出しかけていたスケッチブックを開こうとして、はっと我に返ってポケットにしまい直した。

「おはようございます、アレクシス様。ジークヴァルド様にご用でしたら、あちらです」

毅然とアレクシスを見返す。もちろん、目を見ないように視線は少し落とした。

「しらばくれなくてもいいだろう。少し話をしないか。いつもジークヴァルドが間に立っていて、ろくに話をさせてもらえないからな」

「話も何も、アレクシス様の竜騎士にはなりません。わたしはジークヴァルド様の竜騎士です」

水を入れた桶を手にして、くるりと背を向ける。そのまま歩き出そうとすると、すぐ傍でしゃらりと腕輪がこすれる涼やかな音が耳をかすめ、行く手を阻むかのようにアレクシスが前に立った。それに驚いて思わずたたらを踏む。

(え？　今、どうやってこっちまで来たの!?　けっこう川幅があるわよね……)

竜の姿ならともかく、今は人の姿だ。竜の使う何らかの力を使ったのかもしれないが、瞬く間に目の前に現れると驚く。

戸惑って立ち尽くしているエステルをよそに、アレクシスがにこやかに話しかけてきた。

「それだ。どうやってあの気難しいジークヴァルドの竜騎士になったんだ？　竜でさえも恐れる竜の長だぞ。怖くはないのか？」

「怖かったのは、初めの頃だけです。ちょっと頑固で言葉が足りないところがありますけれども、優しくて誠実な方だと思います。魅了の力にもかかりませんから安心しますし、何よりジークヴァルド様は――わたしが子供の頃からずっと憧れていた方ですから」

空を飛ぶあの勇壮な姿を思い浮かべると、胸の中が温かくなる。感情があまり見えない怜悧な瞳も、慣れてしまえば涼やかで綺麗な目だと思える。

「竜騎士になったのは運がよかっただけです。力が暴走してしまったジークヴァルド様を助けたくて背中に飛び降りたら、たまたまうまくいっただけなので……」

「飛び降りた？　お前は高所恐怖症だと聞いたぞ。本当なのか？」

アレクシスが疑わしそうに問い返してくるのに、エステルは苦笑いをした。

「必死だったんです。暴走を止めないと、ジークヴァルド様が死んでしまうと思い込んでいて……。とにかく助けたいとそれだけだったんです。ジークヴァルド様には無茶なことをする、と怒られましたけれども」

今でもあの足元がぐらつくような罪悪感と、失ってしまうかもしれない喪失感を思い出すとぞっとする。恐ろしさをこらえるように持っていた桶の取っ手を握る手に力を込めると、しばらく考え込んでいたアレクシスが、納得しかねるように唸った。

「そうまでされると、あのジークヴァルドでも絆されるのはわかるが……。恐怖を押し込めてしまえるほどジークヴァルドのことを愛していて、それでどうして番の返事を渋っているんだ？　お前が番にならないと、ジークヴァルドの寿命が短くなるんだぞ」

「それはわかっています。でも、同情で番になるのは――。あの、ちょっと待ってください。何かおかしな言葉が聞こえた気がしたんですけれども」

あまりにもさらりと言われたので、一瞬流しそうになった。

「おかしい？　そんなにおかしな言葉を言った覚えはないぞ」

「いえ、言いました。その……あ、愛していて、とか……」

「それの何がおかしいんだ？　お前はジークヴァルドを愛しているだろう。憧れていて、無茶をすると言われるほど自分の命も顧みず竜騎士になり、ジークヴァルドの竜騎士だった記憶だけでいいと言っていて、それでどうして愛していないと言えるんだ」

アレクシスが心底不思議そうに首をひねった。

「え……え？」

淡々と連ねられる言葉に、エステルは言い返す言葉が出てこずにぱくぱくと口だけを動かした。みるみるうちに顔が赤くなっていくのが自分自身でもよくわかる。

（客観的に見ると、そうなの!?）

ジークヴァルドが笑ってくれれば嬉しいし、悲しんでいればこちらまで悲しくなる。

幼竜の頃は力が強すぎるあまりに親や仲間と過ごせなかったと聞いた時には、ぽつんと一匹で棲み処にある色とりどりの長命の実が成る木の下にいる銀色の子竜の姿が、見たわけではないのにまざまざと脳裏に浮かんで、胸が痛んだ。

竜の感覚では憐れむことではないらしいが、それでも時々想像してしまい、傍にいたいと思ってしまう。この気持ちがそうだというのだろうか。

「愛しているとか、恋愛的な意味で好きなのかどうかよくわかりませんけれども……ジークヴァルド様のことは好きです。わたしのせいで寿命が短くなってほしくはありません」

エステルは真っ直ぐにアレクシスを見返したが、すぐに困ったように眉を下げた。

「でも、これって同情なんですよね。同情で番になると言われそうだから、返事は一年後でいいと言われてしまって……。人間のわたしが同情――憐れむのは、失礼なことだったと思います」

一瞬だけ呆けたような表情をしたアレクシスが、すぐに盛大な笑い声を上げた。

「同情が憐れむねえ。種族が違うと考え方もやはり違うな。……いや、ジークヴァルドの言葉が足りないだけか？　人間相手にはなおさら言葉を尽くさないとわかり合えないだろうに。あいつも鱗を身につけさせているだけじゃ、伝わらないぞ」

きょとんと目を瞬いて、エステルは耳元に手をやった。ジークヴァルドの鱗があしらわれた耳飾りが指先に触れる。

「あの、この耳飾りは……護符以外に何か意味があるんですか？」

「護符？　むしろお前は自分のものだという独占欲の塊だろう。竜騎士にしたとしても物足りないのがひと目でわかるじゃないか。しかもご丁寧にも装飾品に加工するなんてな。普通は人間相手にそこまでしない」

苦笑いをして肩をすくめるアレクシスに、エステルは再び頬を染めた。

（セバスティアン様が言いかけていたことって、そういうことだったの!?）

それはとても気まずい。気まずいが、これは昨日のことも含めてきちんと話をしなければならない気がする。色々とわかっていないことがありそうだ。

「教えていただいてありがとうございます、アレクシス様。すみません、失礼します」

気が逸って、挨拶もそこそこにエステルは前に立ちはだかるアレクシスの横を抜けようとした。その腕をアレクシスの手に掴まれ引き留められる。

「待て待て、足りない言葉を聞かなくていいのか？」

ひやりとした指は、なぜか触れているのに触れていないような軽さで、驚くと同時にぞわりとわけのわからない気味悪さが立ち上った。

「ジークヴァルド様自身の口から聞きたいので、大丈夫です」

大人(おとな)の男性が怖い、という感覚ではなく、何となく得体のしれないものに触れられているような、そんな寒々しさにエステルは腕を引き戻そうとしたが、しゃらしゃらとアレクシスの腕輪が涼やかな音を立てただけで、腕を掴んだ手はびくともしない。

「すぐに口を割らないかもしれないぞ」

「ジークヴァルド様のことですから、そんなことはわかっています。すみません、放してもらえますか」

「放したら竜騎士になってくれるか」

「それは別の話です。あの……どうしてそんなにわたしに竜騎士になってほしいんですか？」

不可解そうに言いながら、ふっと灰色の竜との会話を思い出す。

――私たちはその気になれば、人の国など簡単に滅ぼせてしまえるわ。だからいくら竜騎士を欲しがっている竜でも、我を忘れるほど怒らせては駄目よ。

（竜騎士を欲しがっている竜でも、人間を下に見ているのは確実よね。だったら……番が見つかったことを喜んでいても、番として人間がずっと傍にいるのは認められないのかも）

だからこそ、自分の竜騎士にしてジークヴァルドから遠ざけたいのかもしれない。

そうすると、アレクシスと二人きりでいることは危険なことなのではないだろうか。

恐々とアレクシスを見上げると、彼は困ったような笑みを浮かべた。

「弱ったな。俺が怖いか？　ただお前が心配なだけなんだがな。人間は脆い。竜騎士でさえも少し頑丈なだけで、竜ほどじゃない。ちょっとの不注意で命を落としかねないんだ。番として

【庭】で暮らすのは短い命をさらに縮めるだけだぞ」

そう言い募るアレクシスの表情が、唐突にすっと抜け落ちた。誰かを思い出しているのか、遠い目になったアレクシスに、エステルはごくりと喉を鳴らした。

「……もしかしてアレクシス様の竜騎士の方は、何かご病気か事故にでも遭われて引退をしたんですか？」

今の話ぶりからすると、竜騎士に何かあったような印象を受ける。

「いや、俺の竜騎士は……」

首を横に振りかけたアレクシスは、ふとそこで黙り込んでしまった。

沈黙したまま何事かを考えているのか、エステルの腕を握った手に徐々に力がこもる。

「……アレクシス、様？　あの、少し痛いです」

聞かれたくないことを聞いてしまったのだろうか。

みしみしと骨が軋み、腕を握り潰されそうな恐怖を覚えたエステルは、恐れと焦りに突き動かされるように腕を引き戻しながら声を上げた。

「──アレクシス様！」

アレクシスが我に返ったのか、肩を大きく揺らした。張り付いたかのように離れなかったアレクシスの手がぱっと離れる。

「──っ!?」

いきなり離されて、足元がぐらついた。あっと思った時には、背後に流れる川に尻餅をつくように倒れ込む。ばしゃりと水の音が耳を打った。

「……っ、冷た……」

痛みと冷たさに思わず閉じてしまった目を慌てて開けたエステルは、そのまま瞠目した。

アレクシスの姿が忽然と消えていた。つい先ほどまでそこにいたはずなのに、どこにもいない。

「竜の姿になって飛んで行った、の……？」

それにしては早すぎる気がする。羽音もしなかったはずだ。それとも水音にかき消されてしまったのだろうか。呆然と周囲を見回そうとすると、今度こそ風を切るような羽音が耳に届いた。頭上に影が差し、はっとして見上げたエステルはそのまま顔を引きつらせた。

『お前は水汲みに行ったのではなく、泳ぎたかったのか』

川の水よりも凍えるように冷たい声が、太陽が完全に姿を見せた空を滞空する銀色の竜から降り注いでくる。

どうやらアレクシスはジークヴァルドが来たのに気づいて、逃げ出したらしい。

納得はしたものの、エステルはジークヴァルドの剣呑な視線に、弾かれたように川から立ち上がった。

＊＊＊

ぱちぱちと火が爆ぜる音が耳に届く。

焚火の前に肩をすぼめて座っていたエステルは、竜の姿でエステルを腹の前に抱え込むようにして寝そべるジークヴァルドの尾をじっと見つめていた。その尾は苛立ったようにぱしぱしと地に打ち付けられている。

焚火を挟んだ向こう側に座り、呆れたようなじっとりとした視線を向けてくるのはユリウスだ。その背後にはぷうぷうと寝息をたてて気持ちよさそうに眠っている若葉色の竜がいる。

「朝から本当に何をやっているんだよ。水を汲みに行くなら、起こしてくれればよかったのに」

ユリウスが長々と溜息をついた。

「昨日はほとんどユリウスが準備していたでしょ。だから今朝はわたしがやろうと思ったのよ」

「だからって一人で行かないでくれる？　ジークヴァルド様もどうして止めなかったんですか」

『姿が見えなくても、気配はわかる。まさか川に飛び込むとは思わないだろう』

ジークヴァルドが不機嫌そうに嘆息すると、ゆらりと焚火の火が大きく揺れた。

「飛び込んだわけじゃありません。アレクシス様と話していて、ちょっと転んだだけです」

あれから文字通り飛んできたジークヴァルドに襟首をくわえられて野営地に連れ戻され、着替えてこいと追いやられた後、目を覚ましたユリウスから現在に至るまで、話を聞き出されてこんこんと説教を受けている。

「それ、さっきも言っていたよね。アレクシス様が来ていたのなら、ジークヴァルド様が気づかないわけがないよ。まだ夢でも見ていたんじゃないの」

「夢なんかじゃないわよ。ちゃんと話をしたんだから。ほら、ここを掴まれて――。あれ？」

骨が軋むほど強くアレクシスに掴まれた腕をユリウスに見せつけようとしたが、掴まれたはずの腕は全く赤くなっていなかった。当然痛みもない。

「あれだけ強く掴まれたのに……」

わけがわからず、まじまじと腕を見つめていると、胡乱げな目を向けていたユリウスが小さく溜息をついて立ち上がった。

「……まあ、いいよ。怪我もなかったし、朝食にしよう」

「わたしがやるわ。ユリウスはセバスティアン様を起こして」

こちらの騒動などまったく気がつかず、未だに寝こけているセバスティアンを見やると、ユリウスは首を横に振った。

「食事の匂いがしてくれば勝手に起きてくるよ。それより、エステルは後ろのご機嫌斜めな主竜様をどうにかしないと駄目じゃないの?」

エステルはぐっと押し黙った。

先ほどからずっと小刻みに揺れているジークヴァルドの尾から静かな怒りを感じていたが、見て見ないふりをしていたというのに。

言葉を詰まらせたエステルを置いて、ユリウスはさっさと朝食の準備をしに行ってしまった。

(どうにかしないと、って……。でも、考えてみればこれってわたしが怒られないといけないことなの? 一応、ジークヴァルド様に声をかけてから行ったのに。それは……川で転んでずぶぬれになったのは心配をかけさせたと思うけれども……)

スカートのポケットに入れていたため、濡れてしまったスケッチブックが乾いたかどうか確かめながら、声をかけることもできないで悶々と考え込んでいると、ふいに後ろからジークヴァルドが竜の姿のまま鼻先で腕を軽く押してきた。

『腕を見せてみろ』

憮然としつつ大人しく腕を差し出すと、ジークヴァルドはじっと赤くも何ともなっていないエステルの腕を見つめていたが、しばらくして鼻先を半ば押し付けるようにして嗅いできた。

「……っ、く、くすぐったいです!」

『――アレクシス殿の匂いはしないが……。俺の力とは違う力の残滓のようなものを感じる』

「それって……、アレクシス様のものですか?」

『薄すぎて、判断に迷うところだが、おそらくそうだな。セバスティアンや昨日会った古老たちとは別の性質だ。お前の言うようにアレクシス殿が俺の目を盗んでやって来ていたのだろうが……』

ジークヴァルドの声に怒りではなく、不可解そうなものが混じる。ようやく信じてもらえたのかとほっと胸を撫で下ろしたエステルだったが、ジークヴァルドでさえもアレクシスの気配に気づかなかったのが不思議でならない。

「本当にアレクシス様がいらしていたのが、わからなかったんですか？」

『お前が川辺でぶつぶつと何か独り言を口にしているのはわかっていたが、気配はお前のものだけで、別の気配はまったく感じられなかった。アレクシス殿ほどの力を持つ竜に気がつかないはずがないが……』

ジークヴァルドが悔しげに喉を鳴らす。その様子に、エステルは首を傾げた。

「あの、もしかしてわたしの不用心さに怒っているんじゃないんですか？」

『それも多少はあるが……。自分のうかつさを悔いているだけだ。気配がわかるからとはいえ、ここは塔や棲み処ではない。目の届かない場所に一人でやるのはうかつだった』

ジークヴァルドが自分自身に憤慨しているかのように吐き捨てる。申し訳なくなったエステルはぐるぐると喉を鳴らすジークヴァルドを宥めるように、首の辺りをゆっくりと撫でた。ルドヴィックに噛まれて怪我をした場所がまだ黒ずんでいるのが見えて、痛々しくなる。

「すみません。わたしも話なんかしていないで、さっさと戻ってくればよかったんです」

話をしようと言われ、立ち去るつもりがつい話し込んでしまった。乗せられた自分もいけなかったのだ。だが、そのおかげでジークヴァルドといくつかすれ違っていることがあると気づけたのには、少し複雑だが。

エステルはジークヴァルドをそっと見上げた。

「あの、そのアレクシス様に指摘されたんですけれども……。前に同情で番になると言われそうだ、ってジークヴァルド様は言いましたよね。あれってどういう意味ですか？　アレクシス様がわたしが思っているのとは意味が違うようなことを言っていたんです」

言葉が足りない、とも口にしていた。もしそれが本当だったら、その意味を知りたい。

ジークヴァルドはすぐには思い出せなかったのか、少し考える素振りを見せたが、そう間を置かずに思い出したのか、苦々しそうに息を吐いた。

『意味も何も、俺は人間の助けは必要ないと言っておきながら、力を暴走させて醜態をさらした。長を継ぐというのにあの有り様だ。お前が番を断っていても、あれではさすがに呆れられ、同情で番になると言われてもおかしくはない。一年あれば、お前の信頼が得られると思ったのだが』

「…………言葉が足りなさすぎです」

脱力してしまい、エステルはジークヴァルドの首に額をごつんとぶつけた。

言葉が足りない、というより解釈違いか。そういえば、この主竜様は子竜に対抗してしまうくらい、意外と負けず嫌いだった。いや、アレクシスが種族が違うと考え方も違う、と言っていたから、竜の誇りが許さないのかもしれない。

「わたしは……わたしが番にならないことで、ジークヴァルド様の寿命が短くなるのに同情して番になると言われるのが、憐れまれているようで嫌だからなのかと思っていました」

『寿命が短くなるのが憐れなことだとは思わない。それは、そういうものだったのだろう、と受け入れるだけだ。悲観はしない。だからお前もあまり気にするな。──もしかすると、ずっとそれを気にしていたのか？』

ジークヴァルドが問うように首を傾げてきたので、エステルは苦笑した。

「はい、失礼だったと反省していました」

『そうか……。他に気になることがあったら言ってくれ。俺はどうもまだ言葉が足りないようだからな』

「わかりました。……ええと、それじゃ耳飾りは独──。……あ、いいえ、何でもありません」

独占欲なんですか、と口から飛び出しかけた言葉を、慌てて止めた。

（わたしは何を言い出そうとしているのよ！　そんなの、アレクシス様が言っただけで、違うかもしれないじゃないの。本当にただのお守りで、他意はないかもしれないし。それより、昨日聞いた昔の考え、を聞かないと……）

真っ赤になった顔を隠すようにひやりと冷たい銀の鱗に額を押し付けていると、ジークヴァルドは寄り添うエステルを避けるように身を離した。どうしたのだろうか、と見ていると、しばらくの沈黙の後、ジークヴァルドは盛大な溜息をついた。

『――お前は、人の姿の俺が苦手だろう』

「え……？」

『俺が触れると逃げ出そうとするか、身が強張る。顔を覗き込むと驚いて、表情を引きつらせる。初め、俺とお前だけで庭を巡ると聞かされた時、不安そうだったな。だからこそ、なるべくこちらの姿でいようとしているというのに、そう首に触れられると……』

ジークヴァルドがふわりと竜の姿から、銀の髪の青年へと姿を変える。

「この人の腕で触れたくなるが、いいのか」

顔がくっつきそうなほど近くに現れた怜悧な美貌(びぼう)の青年に、エステルは反射的に身を引いてしまってから、これではジークヴァルドが言った通りだとすぐに後悔した。

思い返せば昨日、人の姿を見たのは一度きりだ。それも本当にわずかな間だけ。

(……気にしてくれていたなんて、思わなかったわ。それに首って……あ、竜の愛情表現が首に触れることだった……)

愛情表現、ということはキスや抱きしめることと同じなのかもしれない。それを自分からやっていたのかと思うと、いたたまれなくなる。

言葉一つとっても考え方が違うのだ。こういう所も種族の違いが出てくるのが難しい。

人の姿になっても、エステルよりも少し高い位置から見下ろしてくるジークヴァルドをぐっと見上げる。ジークヴァルドの眉間に深く皺が寄っているのを見ると少しだけ緊張してしまい、鼓動が速くなるのは許してほしい。

「すみません、首に触れるのはもう少し気をつけます。でも、ジークヴァルド様に触れられるのは、い、嫌ではないです。……人の姿が苦手というか、逃げ出したくなったり、緊張してしまうのは、ちょっと恥ずかしくていたたまれなくなってしまうだけです。姿が変わるのに驚くのは、もうちょっとだけ待ってください。慣れれば大丈夫です。慣れてみせますから」

意気込むように言っているうちに、ジークヴァルドの眉間の皺が徐々に薄くなっていったかと思うと、少しだけ口の端を持ち上げて苦笑し、エステルの頭を撫でてきた。

「無理をするな。少しずつでいい。お前がそういう気持ちでいてくれるのがわかれば、それでいい。俺もなるべく自分の気持ちを口にするようにする」

「……はい、ジークヴァルド様」

頭を撫でたジークヴァルドの手がそのまますするりと頰を撫でていくのに、どきりとしつつも微笑み返す。――と。

『ジーク！　そこはぎゅっと抱きしめてあげないと駄目だよ！』

背後から唐突に響いてきたセバスティアンの声に、エステルは飛び上がるかのように大きく肩を揺らして振り返った。そうして見たものは、未だ寝そべってはいるものの、ぱっちりと翡翠色の瞳を開けてこちらを見ているセバスティアンの姿だった。

「起きていたんですか!?　いつから……」

『えっと、なんか喋り声が聞こえるなあ、と思って目を開けたら、ジークが言葉が足りないとかなんとか話していたから、ぼうっと見ていたんだ。駄目だった？』

それはエステルがジークヴァルドの首に触れている所も見ていたということではないか。エステルは悪気なく首を傾げるセバスティアンを、顔を赤らめて恨めしげに見つめた。

「盗み聞きや盗み見は趣味が悪いと思います。――ユリウスを手伝ってきます」

気まずげに立ち上がったエステルは、ジークヴァルドに一礼すると、野営地の隅で野菜を切っているユリウスの元へと逃げるように向かった。

『うわぁ……怒らせちゃった。ユリウスに言いつけられたら、ご飯減らされるかなぁ』

エステルに取り残されてしまったジークヴァルドは、しょんぼりと肩を落とすセバスティアンを胡乱げに見据えた。

「お前はユリウスが離れて行った時から目を覚ましていただろう」

『……お、起きていないよ？』

目を泳がせるセバスティアンを、ますます険のある目で睨む。それでも白を切るように鼻歌などを歌いだすセバスティアンに、ジークヴァルドは頭を切り替えるように嘆息した。

「まあ、いい。——それより一つ聞くが……、昨日アレクシス殿と会った際に、何か異変を感じたか？」

先ほどエステルが話していたアレクシスの様子を聞く限りでは、やはり竜騎士に勧誘してくる他はさほどおかしなことはない気がするが、それでも気配に気づかないなど妙だ。

『異変？　翼がちょっとおかしいなあ、ってことくらいかな』

「力の質はどうだ」

『僕、力の質を見極めるの苦手だよ。自分のがうまく操れないんだから。あ、でも何だか存在感っていうのかな？　それとも覇気？　そんな感じのがないなあ、とは思ったよ』

思い出そうとするように、視線を上に向けたセバスティアンがそんなことを口にした。

「どういうことだ？」

『ジークはアレクさんより力がちょっと上だからよくわからないかもしれないけれども、僕はアレクさんよりほんのちょっと下だから、普通だったら威圧を感じるはずなのにそれがなかったんだ』

どうしてだろう、と続けるセバスティアンを眺めながら、ジークヴァルドは思案するように顎に手を当てた。

(俺がさっき気配を感じなかったのは、そのせいか？　力が弱ってはいないのに、うまく操れず翼があまり動かせない。覇気がなく威圧感がなく……)

頭の片隅で、何かが引っかかったような気がしたが、するりと逃げて行ってしまうようで、掴めない。

「アレクシス殿には番がいるはずだな？」

『いるよー。アレクさんとの飛ぶ特訓の合間に、僕まだ成竜にもなっていなかったから時々遊んでもらったもん。アレクさんが外に出て行ったまま帰ってこないから、すっごく怒ってた』

それは怒って当然だろう。他の竜のことだというのに、なぜか腹立たしくなる。

(……以前は他の竜のことなど、どうでもよかったな)

病で臥せっていた長の代わりに竜同士の諍いを治めるのは日常茶飯事だったが、それに対して面倒だと思うこと以外、何の感情も浮かばなかったのだ。こんな風に、番が帰ってこない竜の気持ちを察して、アレクシスを非難したくなるとは思わなかった。

(エステルのせいか)

番であることを差し引いても、自分の感情を波立たせるのは喜怒哀楽を隠しもしないあの娘だけだ。面倒だと思うが、それが嫌ではない自分自身にも驚く。

「番がいるのなら、力の巡りが悪くて体を蝕んでいる、ということもないな。力が操りにくいのは、番が見つからない場合の初期症状と似ているような気もしたが……。あれは竜騎士がいれば多少は緩和されるからな。竜騎士を欲しがっても――」

　そこまで考えて、ふと気づいた。

「セバスティアン、竜騎士になった人間の寿命は百年ほどだったな？」

『うん。大体それくらいかなあ』

「アレクシス殿はちょうど竜騎士の契約を切ったところだ、と言っていた」

『え？　だってアレクさん、百年以上消息不明だったよね？　それってちょっと変だよ。竜騎士なんて、とっくに死んじゃってるはずだよ』

　それなのに契約を切ったばかりだというのは、どうしたっておかしい。

「消息不明の間に何かがあったか……。念のため、アレクシス殿がいた国を調べさせてみるか」

　そろそろ野営地にクリストフェルからの使いの者が来るはずだ。一日一度は互いの状況報告をすることにしている。

『ジークの目を盗んで、またエステルを竜騎士に誘いに来そうだよねー。もう少し様子を見る？　それとも大人しくしててもらう？　今のアレクさんなら威圧を感じないから、しばらく身動きできない傷をつけるくらいはできるよ。ま、まあ昨日はちょっとびっくりしたけど』

　軽い口調だが、言っていることは物騒だ。セバスティアンは気弱なくせに時々無邪気にこういうことを言う。悪気がないから質が悪い。他の竜が力の強さ以外に恐れる理由はこれだろう。

「やめろ。俺が番を奪われそうだからと争うのは道理にかなっているが、直接関係のないお前だと大事になるぞ。おそらくアレクシス殿の番が黙っていない」

『えぇ……、でもジークだとアレクさん半殺しにされそう。エステルがかかっているなら、絶対に手加減できないと思うよ』

そんなことはない、と口にできない自分に気づいて顔をしかめる。

おそらくセバスティアンの言う通りだ。アレクシスにエステルを連れ去られでもしたら、我を忘れて殺しかねない。エステルに人としての好意をもたなかったルドヴィックの時とは違い、それ以上に我慢ならないだろうということが容易に想像できた。

ジークヴァルドの渋い顔を見たセバスティアンが、竜の顔でも確実にわかるほどにぱっと笑った。

『そうだよねえ。だって、エステルに触ってもいいよ、って言ってもらえたようなものだし、耳飾りだって大切にしてもらえてるみたいだし、竜騎士だとしても絶対に渡したくないよね。僕も早く番が欲しいなぁ』

楽しげに尾を振り、うんうんとわかったように頷くセバスティアンが、絶妙に腹立たしい。

「――ユリウスが生きている間に見つからなければ、お前には番ができないかもしれないな」

セバスティアンほど面倒な竜の竜騎士になる人間などほとんどいないだろう。番が現れたとしても、その時竜騎士がおらず、うまく力が操れなければ飛ぶことだって下手なのだ。確実に番に逃げられる。

『……っ、こ、怖いことを言わないでよ！』

ジークヴァルドとは違い、成竜になってからそれほど経っていないのでまだまだこれからのはずだが、がたがたと震えだしたセバスティアンに溜飲を下げ、ユリウスと何やら騒ぎながらも楽しそうに食事の支度をしているエステルに目を向ける。

自分を見ていることに気づいたのか、こちらを見たエステルと目が合うと、少しだけ気まずそうな顔をしたが、すぐにはにかむように笑って「もう少しでできますから」と声をかけてきた。その表情に胸が少し騒いで温かくなる。エステルを見ているとこういう気持ちになることがあるが、それが嫌ではないのが不思議でならない。

エステルに頷き返しながら、ぶるぶると震えるセバスティアンに声をかける。

「アレクシス殿がエステルを無理に連れて行こうとしたら、その時は止めろ」

『え、うん。それは止めるけれども』

不思議そうなセバスティアンに、ジークヴァルドは薄く笑った。

「意味がわかっているか？　俺がアレクシス殿を殺さないように止めろ、と言っているのだが」

ひぇっ、と首をすくめたセバスティアンが、こくこくと無言で頷くのを横目に、ジークヴァルドはアレクシスが来ていたという川の方を睨み据えた。

＊＊＊

時々転がり落ちてくる土塊に冷や冷やとしつつ、エステルは今にも崩れそうな崖を見上げるジークヴァルドを心配そうに見つめていた。

今は銀の竜の姿なので、多少崩れても押し潰されることはないだろうが、抉れるように崩れている崖の上部が落ちてきたとしたら、決して小さくはない怪我を負うだろう。

朝食を済ませてから川を伝うように上流に向かいながら、いくつかの川辺の流れや小さな崩落を調整した後、辿り着いたのがひと目で大規模な被害が出ることが予測できる、この崖の崩落だった。下手をすると川を堰き止めかねない。

しばらく崖を観察していたジークヴァルドが、ふいに少し離れた場所でユリウスたちと共に見守っていたエステルを振り返った。

『エステル、乗れ。万が一崩れたら、巻き込まれる』

ジークヴァルドの指示に、エステルが近寄ってその背によじ登ろうとした時だった。

ちらちらと視界の端で何かが動くのに気づき、何気なくそちらを見やったエステルは、崖の向こうに数匹の竜がいるのを見て、目を丸くした。エステルに懐いている子竜よりも大きいが、ジークヴァルドたち成竜よりは小さいことから、おそらくは大人と子供の境目といったところだろう。興味深そうにこちらを見ている。

「ジークヴァルド様、竜の方々がいます」

『ああ、崖の様子を見に来たのだろう。――お前たち、そこから離れていろ。力の調整に巻き込まれると、お前たちでは正気を保てなくなるぞ』

ジークヴァルドが声をかけると、彼らは一様に驚いたように身をすくめ、何やら聞き取れない声で言い合うと、こちらに軽く頭を下げて空へと舞い上がった。そのまま一団となって、西の方へと飛んで行く。

「竜が群れるなんて珍しいですね。それともわたしたち人間が知らないだけで、成竜になる前は群れることもあるんですか？」

『――あれは、体が小さくとも成竜だ。力が弱く、群れなければ生きてはいけない者たちだ。本来なら人間の前には絶対に姿を現さない。それより、早く乗れ。調整を済ませてしまうぞ』

「あ、はい」

気に留めるようなことではない、とでもいうように淡々と言い切るジークヴァルドの背中に戸惑いながらもよじ登ったエステルは、舞い上がるジークヴァルドの背中からそっと竜たちが飛んで行った西の空を見やった。

（力が弱い竜……。人間の前には絶対に姿を現さない、ってことはもしかして普通の人間にも捕まるくらい弱いのかしら）

もしそうだとしたら、そういう竜がいるのだと人間は知らない方がいい。力が弱くとも竜は竜だ。竜騎士を選ぶような大きな力を持つ竜たちには及ばないだろうが、人間が竜に仕えるのではなく使役してしまえるとなると、後のことなど考えずに竜を欲する人々が押し寄せるだろう。そうなれば力の強い竜たちはおそらく人間たちを見限る。結果、人間の世界は終わりだ。

ぞくりと寒気を覚えてちらりと傍らを飛ぶセバスティアンの背中に乗ったユリウスを見やると、弟もまた想像がついたのか青ざめている。エステルと目が合うと、強張った顔で首を横に振った。

（見てない、見てない。わたしは何にも見ていない……）

呪文のようにぶつぶつと唱えながら、ジークヴァルドの背中に突っ伏す。そうしている間に、ジークヴァルドは崖を氷交じりの風で覆って力の調整をすると、昨日の地割れの時にしたように崖を見下ろせるほど高く舞い上がった。

『こんなものか……。――……あれは』

ふいにジークヴァルドが何かを見つけたのか、すいっと空を飛び、降下した。下から吹き上げてくる風に身を強張らせて息を詰めていたエステルだったが、ジークヴァルドが地面に降りると何を見つけたのかすぐにわかった。

先ほどの崖よりさらに上流に行った場所がわずかに崩れている。転がり落ちた石にでも当たったのか、川辺でぐったりと横たわっている白に近い薄紫の竜がいた。

「大丈夫ですか!?」

エステルが焦って降りようとすると、薄紫の竜が目を開けた。紫水晶のような澄んだ瞳が、こちらを見たかと思うと、弱々しくクゥ、と鳴く。

『先ほどの者たちと一緒に来て、巻き込まれたのか？』

ジークヴァルドの問いかけに小さく頷く薄紫の竜は、あの力が弱いと言われた竜たちと同じくらいの大きさだ。いや、もう少し小さいかもしれない。

「ジークヴァルド様、そんなことを聞く前に早く手当てをしないと……」

ジークヴァルドの背中から滑り降りたエステルは、薄紫の竜に駆け寄ろうとしてジークヴァルドの尾に阻まれた。

『寄るな。怪我を負った竜は気が立っている。力の弱い竜は人間を見たことがないからな。特に危険だぞ』

「でも……」

ジークヴァルドの言いたいことはわかるが、それならばどうするのだと思っていると、横たわったままだった薄紫の竜がふるふると身を震わせながら体を起こした。しかしすぐにべしゃりと潰れてしまう。どうやら足を痛めたらしい。

「血は出ていないみたいですけれども、骨折でもしているかもしれませんね。お仲間は助けを呼びに行ったんでしょうか。戻ってくるまで待っていますか？」

ジークヴァルドに離れていろ、と言われて飛び去って行ってしまったように見えたが、おそらく助けを呼びに行ったのだろう。

しかしながら、ジークヴァルドは首を横に振った。

『いや、戻ってはこないだろう。身動きができなくなった者を置いて行っただけだ。あの者たちにはどうすることもできない』

「それって……。見捨てた、ってことですか？」

幸いなことに折れてはいなかったのか、今度こそは立ち上がり、翼を羽ばたかせてどうにか飛ぼうとしている薄紫の竜を愕然と見つめる。いくら羽ばたいても動きがぎこちない。打ち身が酷いのかもしれない。

『どうにかして棲み処に帰ることができれば、助かるだろう。できなければ朽ちるだけだ』

「そんな……」

竜の世界は弱肉強食の世界だと教えられている。それをこんなところで目の当たりにするとは思わなかった。竜の掟がそうであるのならば、苦しくとも呑み込まなければならない。ここは【庭】だ。人間の国ではない。

胸が痛むのをこらえるように、ぐっと拳を握りしめると、ジークヴァルドが宥めるようにその手を鼻先で突いてきた。

『安心しろ。上位の竜が通れば、大抵は助けてもらえる。自身がそう望めばな。――お前は助けられることを望むか？』

ジークヴァルドが薄紫の竜に向かって問いかけると、竜はじっと考え込むように身動きしなかったが、しばらくしてこくりと頷いた。

『名は？　どこの群れだ』

『……ベッティルの棲み処、西南』

か細い声が喉から漏れたが、怪我が痛むからなのか、それともジークヴァルドに畏怖（いふ）を感じているからなのか、どちらなのかわからない。

名と棲み処を聞き出したジークヴァルドはこちらには降りて来ずに、上空を旋回していたセバスティアンを見上げた。

『セバスティアン、エステルを一緒に乗せて先に行け。次に訪問するあの古老は刻限にうるさい。この状況を説明しておけ』

『えぇ……僕が説明するの？　嫌だよ。あのおじいちゃんねちねちと嫌味っぽいんだもん。人間もあまり好きじゃないし。僕がベッティルを送って行くよ』

『できる限りユリウス――人間をあまり奥へ連れて行きたくはない。お前はユリウスなしでこの者をくわえて飛べるのか。あとで俺の分の食事をやる。聞き入れろ』

『えっ、本当？　それならいいよ』

食べ物に釣られて快く了承したセバスティアンが、ようやく下に降りてくるのを見たエステルは、ジークヴァルドを軽く睨んだ。

「駄目ですよ、お食事をしないと。また怪我の治りが遅くなるじゃないですか。クリストフェル様に怒られますよ」

『一食抜いたくらいでは、大して変わらない』

「その一食分も、あまり量をお召し上がりにならないですよね。今朝も……」

煩げにこちらを見下ろしてきたジークヴァルドに、怯まないようにぐっと腹に力を入れて先を続けようとして、ふとクリストフェルが言っていたことを思い出した。

「あの……ジークヴァルド様。あの方に食べ物を差し上げても大丈夫ですか？　竜騎士が作ったものは怪我の回復によく効くんですよね。もし、竜騎士を持っていない竜が食べても大丈夫そうなら、少しでも何か口にされれば痛みが軽減されると思うんですけれども……」

腰のベルトに括り付けた携帯食入りの革袋を見下ろし、エステルはそう提案してみた。力が弱くても、食べ物が回復薬になるのはおそらくジークヴァルドと同じだろう。

『それはお前の食事だろう。……まあ、全てやらないのならいいだろう。そこに置いて、すぐに後ろに下がれ。わかっているだろうが、目を凝視するな。――ベッティル、今から近づくのは俺の番だ。傷つけようと思うな』

渋々とではあったが、許可してくれたジークヴァルドに礼を言ったエステルは、言われた通りに視線を落として数歩近づくと、川辺に革袋から取り出した携帯食を置いた。堅く焼いた甘くないビスケットと、干した杏だ。杏からほんのりと甘い香りが漂う。

エステルの様子を警戒するように眺めていた薄紫色の竜――ベッティルは、その香りが気に入ったのか澄んだ紫水晶の目を細め、嬉しげにぱたぱたと尾を振った。

「干し杏、お好きですか？　もう一つ置いておきますね」

微笑ましくなってしまい、杏を取り出して置くと、ベッティルは少し驚いたように目を見張ったが、すぐにこくりと頷いた。

『……あり、がと』

どこか片言めいた発音に、弱い竜は人語を喋るのは苦手なのだろうかと思いつつもジークヴァルドの傍に戻ったエステルは、ベッティルがふんふんと確かめるように匂いを嗅いだ後、杏を食べ始めたのを見て、ふといいことを思いついた。ジークヴァルドの鼻先に手を置いて、その顔を微笑んで見上げる。

「ジークヴァルド様、ちょっと歯を見せてくれませんか？」

『なぜだ』

「ベッティル様とどのくらい歯の大きさが違うのか知りたいので。お願いします」

意味がわからない、というように目を眇めたジークヴァルドだったが、それでもエステルの頼んだ通りに口を少し開けてくれた。その隙を逃さず、エステルは革袋の中から取り出したビスケットをジークヴァルドの口の中に放り込んだ。

『――っ⁉』

「セバスティアン様にお食事をあげるんですよね。それなら、足りないとは思いますけれども、少しでも食べてからベッティル様を送り届けに行ってください」

『それはお前の物――』

丸のみにしてしまったのだろう。すぐに文句を言おうと口を開いたジークヴァルドに、エステルは再びビスケットを放り込んだ。

『やめ――』

次には干し杏を押し込む。ジークヴァルドは最終的には諦めたのか、無言になってしまったがそれでもエステルが食べ物を差し出すと静かに口を開けてくれた。

その様子を背後で見ていたユリウスが、なぜか笑いをこらえるように声をかけてくる。

「ねえ、エステル。それ、どういうつもりでやっているの？　餌付け？」

「失礼なことを言わないで。こうでもしないとなかなか食べてくれないでしょ」

「今は竜の姿だから躊躇なくできるんだろうけれども、それ、人の姿の時にもできる？」

ユリウスの指摘に、エステルははた、と気づいた。そうして一気に真っ赤になって激しく首を横に振る。

（もっと早くに止めて……。ああああっ想像したら駄目だから！　駄目よ、わたし！）

ほとんど中身が残っていない革袋を握りしめて、羞恥に悶えながらじりじりと後ずさる。

ジークヴァルドが不思議そうにかすかに首をひねった。

『人の姿になるとできなくなるのか？　おかしなものだな』

「おかしくはないです！　もうしません！」

反射的に叫び返すと、今度はセバスティアンが呑気な声を上げた。

『えー、でも、あーんしてあげると、よく食べてくれるなら、してあげればいいのに』

「しませんってば！」

弟たちの目の前であーんをしているとはこれっぽっちも考えていなかったエステルは、赤面し涙目になりながらも全力で辞退した。

騒がしくも楽しそうなエステルたちを眺めながら、貰った干し杏を大切そうに食べていたベッティルが、ぱちりと紫水晶の目を瞬く。

『ジークヴァルド、さまのつがい……。……つよい？』

そう小さく呟いた声は、誰一人として耳にしている者はいなかった。

＊＊＊

『あさましい人間の娘が番になるらしいと聞いたが、ジークヴァルドも憐れなものよ』

冗談ではなく、本当に穴が開くのではと思えるほどきつくエステルを見据えてきた煉瓦色の鱗を持つ竜が、そう吐き捨てた。

（あ、それ、前にも似たような言葉を聞いたことがあります。うん、これが普通の反応よね。それか無関心になるか。友好的な竜もいるけれども、そういう方に限ってあまり番の話には触れてこないし）

初対面で人間の番を諸手を上げて歓迎するアレクシスの方がやはり変わっているのだ。妙な安心感を覚えつつ、蔑むような目を向けてくる煉瓦色の竜からほんの少し視線を落とす。その仕草が癇に障ったのか、煉瓦色の老竜は盛大な溜息をついた。

『卑屈な娘よの。このくらいのことを言われただけで顔を伏せるのか。仮にも竜の長の番となるのなら、すぐに泣くな。もっと堂々としておれ。儂は湿っぽい者は好かん』

鼻息も荒く言い切られて、エステルは顔を引きつらせた。

「お気を悪くさせてしまったら、申し訳ございません。あの、わたしには魅了の力があるそうなので、万が一にでもかけてしまったら失礼かと……」

『この儂が人間の小娘の魅了なんぞにかかるというのか？　卑屈かと思えば、随分と尊大な娘だったのだな』

ぎろりと睨み据えられて、エステルはごくりと喉を鳴らして口を噤んだ。

ジークヴァルドが薄紫の竜・ベッティルを送り届けに行ってしまった後、セバスティアンに連れられて川からほど近い小高い山の中腹にあるこの煉瓦色の古老の棲み処にやってきたが、セバスティアンが事情を説明し、エステルを紹介した途端にこれである。

古老と呼ばれるほど長寿の竜なら昨日会った竜たちのように、何があっても泰然としていそうだが、人間と同じように竜にも色んな性格の竜がいるものだ。あからさまな嫌味っぷりに、逆に感心してしまう。

『あのぅ……、そのくらいにしておいた方がいいと思いますよー。エステルをいじめると、ジークが怒るし』

はらはらと後ろで見守っていたセバスティアンが、おそるおそる割って入ってくる。その傍に控えているユリウスは努めて表情を変えないようにしているようだが、こめかみが明らかにぴくぴくと引きつっていた。

『馬鹿者！　何がいじめる、だ。先達の教えを説いているだけではないか。それをそなたは曲解しおって――』

煉瓦色の古老が怒鳴った途端に、背後の棲み処の山がおぉーん、と狼（おおかみ）の遠吠（とおぼ）えのように吠えた。耳鳴りにも似た音に、エステルが思わず耳に手をやりかけて慌てて下ろすと、ねちねちとセバスティアンに説教をしていた煉瓦色の古老が目ざとく気づいた。

『娘！　儂の言葉をきちんと聞いておかんと、食われても知らんぞ！』

怒鳴りつけられたことよりも、その内容のほうにエステルはぎょっとした。

「それは……どういうことですか？　教えていただきたいです」

エステルの驚いた顔に、煉瓦色の竜はいかにも面倒そうにこちらを見据えた。

『ジークヴァルドは教えておらんのか？　なに、言葉の通りよ。はるか昔、竜騎士なんぞという役割ができる前、我ら竜は力を制御する方法として、人間を食っておったのよ』

「……は？　人を、食べる？」

そんな話は初耳だ。竜を怒らせた人間が殺された、ということはあるが、それだって食べたという話は聞いたことがない。瞠目したままセバスティアンに目を向けると、若葉色の竜は見るからに悄然（しょうぜん）としていた。

煉瓦色の竜は大きく息を吐いて、先を続けた。

『まあ、その方法は効果が長くは続かなくてな。効果がなくなる度に食わねばならん。その都度人間が贄（にえ）として差し出されてきたが、人間からの畏怖ばかりか怒りと恨みを募らせるだけでな。鱗を使った方法がわかると、そのうち廃（すた）れていったのよ』

竜は日の光と水さえあれば生きていける。そんなどこか幻想的な生物だと思っていた存在が、一気に血なまぐさく、生々しいものに感じられてくる。

にわかには信じがたい話に、呆然として聞き入っていたエステルだったが、煉瓦色の古老はエステルの様子になおのこと苛立ったようだった。

『おい、娘。儂ら竜の全てが後先考えず食い散らかす、野蛮な獣と同等だと思ってはいないだろうな。奥の方に引っ込み、昔の考えに囚われた困った者どもと一緒にするな。不愉快だ。好んで食いたいとも思わん』

鋭く睥睨してくる煉瓦色の古老に、エステルはふと昨日灰色の竜が言っていた言葉を思い出した。

(昔の考えとか、奥に行くのなら気をつけて、とか言っていたのはこういうことだったのね)

ジークヴァルドがエステルを怯えさせたくなくて詳細を聞かれたくないのも頷ける。だが、今は行われていないとはいえ、そういう考えを持っている竜もいるというのなら、知っておいて損はない。

『ジークヴァルドも竜の番を断るような不遜な小娘のためにそれさえも教えていないとは、よほどお前に嫌われることに怯えていると見える。それほどまでに徒党を組むことでしか何もできず、儂らの庇護を受けるだけの矮小で狡猾な人間に入れ込みおって。本当に嘆かわしい。そのうち【庭】や儂らのことを人間に差し出すようになるのかもしれんな。これならばルドヴィックが長でもよかったのではないか』

ふつり、と怒りがこみ上げてきた。

苦々しげにじっとエステルの耳飾りを見据えてくる煉瓦色の古竜を、エステルは真っ直ぐに見上げた。

「長の番が人間のわたしなのが気に食わないのは、当然のことだと思います。でも、ジークヴァルド様のことを悪く言わないでください」

エステル駄目だよ、とセバスティアンが後ろから小声でたしなめ、袖をくわえて引っ張ってきたが、それでも言葉を止めなかった。

「ジークヴァルド様はちゃんと【庭】のことを考えています。今だって怪我をされた竜の方を送り届けている最中ですし、【庭】の異変のためにあちこちを巡られています。【庭】を混乱させただけのルドヴィック様がよかった、だなんて、そんなことは絶対に言わないでください！」

自分のことが悪く言われるのは仕方がないと思う。種族が違うのだから、反発は当然ある。だが、力があるからと幼い頃から恐れられ、それでも【庭】のために尽力するジークヴァルドを同じ竜が貶すのは、我慢がならない。

煉瓦色の古竜はエステルの反論にぐるぐると怒りに喉を鳴らしていたが、やがて一度だけ強く尾を地面に叩きつけた。怒りの仕草に小さく肩を揺らしたエステルだったが、それでも引くことはしなかった。

『ジークヴァルドに大切にされすぎて、随分と思い上がっているようだな。儂に対してそう強気に出られるのもジークヴァルドの番だからこそできるのだと、理解しているのか？』

「おこがましいことを言っているのはわかっています。でも、先ほど貴方はもっと堂々としろ、と言いました。だったら堂々と言います。ジークヴァルド様のことを貶さないでください」

毅然と煉瓦色の古竜を見上げて、言い返す。怖くないわけではない。十分に怖い。だが、たとえジークヴァルドの番でなくとも、憧れの銀竜を貶されれば同じことを言ったと思う。

怒りと緊張に身を強張らせるエステルのことを黙って見据えていた煉瓦色の古竜は、しばらくして盛大な溜息をついた。

『揚げ足を取りおって……。これだから人間は好かん。……――図太く、怖いもの知らずの娘に色々と教えてやらんことには、ジークヴァルドも苦労するだろうな』

言葉は嫌々そうではあるが、声には呆れが混じっていた。どうやら怒りは収めてくれたらしい。エステルはそこでようやくほっと胸を撫で下ろし、表情を緩めた。

「失礼なことばかり言ってしまって申し訳ございません。教えていただけると助かります。――よろしくお願いします」

言葉が少ないジークヴァルドや、エステルを番にさせたいジークヴァルドの配下は都合の悪いことは隠してしまうだろう。今回のことのように恐ろしいことも教えてくれる存在は貴重だ。

いかにも仕方がなさそうに嘆息し、とんとんと苛立ったように尾を打ち付ける煉瓦色の古竜に思わず笑みをこぼしそうになって、エステルは慌てて表情を取り繕った。

＊＊＊

「――それで、あの偏屈で嫌味なご老体を懐柔したというのか」

エステルの横に腰を下ろし、呆れたような、それでいて感心しているような表情を浮かべる人の姿のジークヴァルドに、エステルは曖昧（あいまい）な笑みを浮かべた。

「懐柔なんかしていません。人聞きの悪いことを言わないでください。わたしはただお話を聞かせてもらっただけです」

後から追い付いてきたジークヴァルドが煉瓦色の古老に挨拶を済ませ、その近くの森に棲む別の古老へと挨拶を終えた後、昼休憩を取る間にジークヴァルドが煉瓦色の古老と何を話したのかと聞いてきたので、内容を告げるとそういう言葉が返ってきた。

ベッティルを送り届けたジークヴァルドが戻ってくるまで、煉瓦色の鱗を持つ古老はよく喋ってくれたのだが、聞いたことのない話ばかりでとても興味深かった。

「……あの古老と話すのは竜でさえも煙たがる。それを嫌な顔一つせず、恐れもせずに話を聞いていれば気に入られるだろう」

「色々と教えていただいて、面白かったですよ。成長途中で鱗の色が変わった竜の話とか、成長が早すぎて、寝ていた竜が一晩で覆われたって蔓草のお話も。白銀の木の群生地なんて、いつか見てみたいです」

木の実入りのパンを食べながら妄想に頬を染めていると、向かいに座って干し肉を齧っていたユリウスが盛大な溜息をついた。

「竜騎士を探していない竜に言い返すなんて、命知らずもいいところだよ。ジークヴァルド様の番じゃなかったら、あっという間に殺されていたからね。しかも話を聞くついでに、ちゃっかり【庭】の景勝地まで聞き出した時には、あの古老も気味悪そうに見ていたからね」

人の姿でユリウスの横に座り、顔ほどもある黒パンを頬張っていたセバスティアンが、わずかに顔を上げた。

「うーん……、でも、ちょっと意地悪してたよ。人食い怪魚の話なんて、嘘だもん。【庭】に人がいないのに、人食いって変だよ。あ、でも蔓草は本当にあるよ。僕捕まったことあるし。

……ん？　あれって、もしかして僕のことかな？」

「セバスティアン様、捕まったんですか⁉」

エステルはまじまじとセバスティアンを見つめた。

竜でさえも捕まるのか、それとも呑気なセバスティアンだからこそ捕まったのかわからなかったが、とりあえず煉瓦色の古老から聞いたことは話半分に聞いておいた方がいいらしい。

「でも……、竜が人を食べていた、っていうのは本当のことなんですよね？」

パンを飲み込み、何げなく口にすると、しん、と空気が重たく静まり返った。

急に緊迫したような雰囲気になり、まずいことを言っただろうかとそろそろとジークヴァルドを窺ったエステルは、渋い顔をする彼を見て唇を引き結んだ。

ジークヴァルドが苦々しそうに嘆息する。

「大昔の話だ。竜の番になった娘がいたと話したことがあるだろう。その娘は本来なら贄として差し出された娘だった。それ以降は一度たりともない」

「贄……、そういえば、叔父がわたしを竜の贄に捧げる気はない、って言っていたことがありましたけれども……。あれって、そういうことだったんですね」

長く竜騎士を務めている叔父なら、それを知っていてもおかしくはない。あの時はジークヴァルドがまだエステルをどう扱うのかわからなかったのだ。竜の長の番を出した家、という名誉を蹴ることになるとしても、番になるのを止めるわけだ。

「随分とあっけらかんとしているが……。怖くはないのか？　竜が人を食っていたのだぞ」

「少し怖いな、とは思いますけれども、あんまり実感が湧かないんです。もっとこう、人間を前にした時に舌なめずりをするとか、ちょっと齧るとか、そういう怖くなるような行動があれば怖くなると思いますけれども」

「お前は本当に……高所恐怖症だというのに、おかしなところで図太いな」

呆れたようにジークヴァルドに溜息をつかれてしまい、エステルはむっと顔をしかめた。

「それ、あの煉瓦の古老の方にも言われました。そんなに図太いですか？」

「ああ。まあ……だからこそ俺の竜騎士になれたのだろうが。——それにしても……俺のために怒ってくれたのはお前が初めてだ」

心底嬉しそうに笑ったジークヴァルドが頬を撫でてきた。そのまま首をなぞるように触れてくるのがくすぐったくて、そわそわとしてくる。

「ジークヴァルド様を悪く言われて、すごく頭にきてしまったんです。もしこれでジークヴァルド様が責められるようなことがあったら、すみません」

「謝るな。番を悪く言われて腹が立たないわけがない。それだけ俺のことを想ってくれたのは、嬉しい」

そう嬉しそうな顔をされてしまうと、まだ番じゃないです、とは言えなかった。

（もっと怒られるかと思ったのに。……やっぱり、ジークヴァルド様に喜んでもらえると、どうしよう、わたしも嬉しい）

速くなる鼓動とともに、耳飾りに手をやると、ふいにユリウスがわざとらしい咳ばらいをした。はっと我に返ったエステルは食べかけのパンとは別のパンをジークヴァルドの手に押し付けた。

「しょ、食事中は触らないでください」

　こちらをにやにやと見てくるセバスティアンの視線にもいたたまれなくなって、慌てたように口を開く。

「そういえば、好んで食べたくはない、とか聞きましたけれども、美味しくないし人間に恨まれるのなら当然廃れますよね。……ジークヴァルド様も美味しくはなかったですか？」

「お前は何を言っている？　食べたことなどあるわけがないだろう」

　エステルが押し付けたパンを咀嚼し、不可解そうに片眉を上げたジークヴァルドに、エステルは首を横に振った。

「いいえ、ありますよ。わたしがルドヴィック様から逃げて怪我をした時に、消毒だって言って血を舐めたじゃないですか」

「あれは――」

「舐めたの!?　ジーク、エステルの血を舐めたの!?」

　顔をしかめたジークヴァルドの言葉を遮るように、セバスティアンが大声で叫んだ。よほど驚いたのか、食べていたパンが地面に転がり落ちている。

「飲み込んではいない。すぐに吐き出した」

「ええ……、でも少しは飲んでるよ。うわー……、舐めちゃったのかぁ……。自分の傷ならともかく、それやったら駄目だってジークなら知ってるよね。エステル逃げられなくなっちゃうよ。もしかしてそのことクリスにも言っていない？　そうだよね、言っているわけないよね。言ったら絶対に利用されるもんね」

頭を抱えたセバスティアンが非難するような視線を向けてくる。それに対して、ジークヴァルドは眉間に皺を深く寄せてセバスティアンを鋭く睨み据えた。

「セバスティアン」

それ以上言うな、というような圧力たっぷりの呼びかけにセバスティアンが震え上がる。

何となく嫌な予感がして、エステルはおそるおそる口を開いた。

「ジークヴァルド様は傷の消毒だって言いましたけれども、本当は違うんですか？」

「うぅん、消毒は消毒だけど……」

ちらっとジークヴァルドを窺うように見たセバスティアンが、唇をへの字にして口を閉ざす。

矢庭に、その隣に座っていたユリウスが転がり落ちたパンを拾い上げて、土を払うとセバスティアンに突き付けた。にっこりと唇に笑みを浮かべるが、目が笑っていない。

「はっきりと答えてください。でないと、これが最後の食事になりますよ」

「えぇ、そんな。うう、でも……。……わ、わかったよ！　血を舐めるってね――」

ジークヴァルドとエステルとユリウスを順繰りに見回し、やけになったようにセバスティアンが叫びかけた時だった。

生暖かい空気がふわりと頬を撫でたかと思うと、エステルは傍らに座っていたジークヴァルドに素早く肩を引き寄せられた。そのまま抱え込まれるようにして立ち上がる。

次の瞬間、聞き覚えのあるしゃらりとした涼やかな音が耳を打った。

はっとして今まで座っていた場所に目をやったエステルは、捉え損ねたかのように両腕を交差させて立ち尽くしている青年姿のアレクシスがそこにいるのを見て、息を呑んで瞠目した。

「おお、素早いな。さすがに番を連れて行かれちゃ、かなわないか」

体勢を整えたアレクシスが、悪びれもせずに爽やかな笑みを浮かべた。

「――アレクシス殿、また来たのか……。いい加減エステルは諦めろ。竜騎士が欲しいのなら、そっちにもう一人人間がいる」

エステルを抱き寄せながら、ジークヴァルドが顎をしゃくってユリウスを示す。

「えっ、駄目だよ。ユリウスだって連れて行かれちゃったら困る！　一年続いた竜騎士なんて他にいないんだから。ユリウスを逃したら、番が見つからないかもしれないし！」

「セバスティアン様より条件がいい竜に請われたら、すぐに乗り換えますよ」

必死の形相を浮かべるセバスティアンに片腕を抱え込まれたまま、そんなことを口にするユリウスの表情はとてつもなくうんざりとしているが、それでも振り払う様子は微塵もない。

「いや、そっちの小生意気そうな坊主はいらん。竜騎士にするのなら、素直で実直な、竜を前にしても物怖じせずにはっきりと意見を言い合える者がいい。竜を主ではなく、敬う対象でもなく、友だと思って共に笑って過ごしてくれるような者だ」

アレクシスはどこか遠くを見るかのように懐かしそうに笑った。それを見たジークヴァルドが探るようにすっと目を眇めた。

「それは、誰のことを言っている？　エステルのことではないだろう。貴方の――契約を切ったという竜騎士のことではないのか」

ジークヴァルドの指摘に一瞬目を見開いたアレクシスは、唇を戦慄かせた。それにもかかわらず、ジークヴァルドが畳みかけるように言葉を続ける。

「エステルを貴方の竜騎士の代わりにしようとするな。竜騎士の契約はいつ切った？　アレクシス殿、貴方は消息不明の間に何をしていたんだ」

「何を？　消息不明？　俺は請われて契約を切った後、すぐに【庭】に帰ってきたぞ。あいつに頼むから戻れ、と懇願されて……契約を……」

アレクシスは眉を顰め額を押さえて黙り込んでしまった。その目は落ち着きなくあちこちを見ている。

息を詰めて様子を窺っていたエステルは、表情を強張らせてジークヴァルドを見上げた。

「そういえば……今朝も竜騎士のことを聞いたら、黙り込んでしまいました」

「そうか……。もしかすると契約を破棄した時に何かあったのかもしれないが……。まさかな」

何か思い当たる節があるのか、ジークヴァルドが苦い顔をする。

「ごく稀に、竜騎士の血縁の者と契約をすることがある。ただ、そうなれば必ず一度は【庭】に新しい竜騎士を連れてくるはずだ。だが、それもないとなれば……無理に契約をさせられた可能性がなくもない」

ジークヴァルドが嫌悪に顔を歪め、唇を噛みしめる。

「でも、長になれるくらい力の強い方が、無理に契約をさせられるわけがないと思い、まずっ！」

急にジークヴァルドに抱え上げられて思わず語尾が強くなる。ふわりと飛び上がったその足元の地面が、太い朱金の尾によって抉れた。

いつの間に戻ったのか、瞬く間に現れた朱金の鱗の竜が荒い息を漏らしながら、ぎらぎらと獰猛な光を宿す夕日色の竜眼でこちらを睨み据えている。

『――ジークヴァルド、その娘を……寄こせ。俺の竜騎士にする』

アレクシスはまるでそれしか言葉を知らないかのように、幾度となく聞いた言葉を繰り返し、身を低くして威嚇の唸り声を上げた。

セバスティアンがひぃっ、と悲鳴を上げて抱え込んでいたユリウスに縋りつく。

「えっ、アレクさん、急にどうしたの!?　ジーク、何か聞いちゃいけないことだったんじゃないの!?」

「今のやり取りのどこで怒らせたというんだ」

ジークヴァルドに向けられたものだとわかっていても、明らかな敵意を向けられ、エステルが本能的な恐怖を覚えてぶるりと震えると、その背中をジークヴァルドが落ち着かせるように撫でた。

警戒しつつじりじりと後ずさっていると、咆哮を上げたアレクシスが、ジークヴァルド目掛けて飛びかかってきた。

『ジーク、どいて！』

唐突に響いたセバスティアンの声に反応し、咄嗟に竜の姿になったジークヴァルドが、エステルの襟首をくわえて大きく後方に飛び退った。それを見計らったかのように周囲の木々がざわりと揺れて、アレクシスとこちらとを急激に延びた木の根が隔てる。

『エステル、乗れ』

急にくわえられて、言葉を失っていたエステルは、地面に下ろしてくれたジークヴァルドの指示にはっと我に返って慌ててその背によじ登った。すぐさまジークヴァルドが空へと舞い上がる。恐ろしくて下を見ることができないが、ざわざわと木々が揺れている音から、セバスティアンが足止めをしているのだと知れる。ちらりとユリウスのことが頭をよぎったが、それよりもアレクシスに狙(ねら)われている自分の方が危ないのだと思い直した。

下方を気にしつつ、ジークヴァルドが静かに口を開いた。

『いくら強くとも、親密に付き合ってきた竜騎士の命を盾にされ、別の人間と契約を結べと強要求されれば、アレクシス殿の性格ならきっと頷く。だが、心から望んだ契約ではないからな。色々と弊害が出てもおかしくはない。……ああ、突破されたな』

忌々しそうに舌打ちをしたジークヴァルドの言葉通りに、アレクシスがセバスティアンの防壁を抜けたのか、大きく羽ばたく音がみるみるうちに近づいてくる。

（ちょっと待って、アレクシス様はどうやって飛び上がったの⁉）

翼がうまく動かせないのなら、高所から飛び降りるのならともかく、助走もなく地上から飛び立てるはずがない。

『しっかりと気を持て。上げるぞ』

何を、と問いかけるよりも早く、ぐん、と空を飛ぶ速さが上がった。片翼が不自由なアレクシスを振り切るつもりなのだろう。

強風にあおられ、髪を結んでいたリボンが解けて飛んでいく。服の端がばたばたと激しくはためき、呼吸をするのも苦しい。

少しの我慢だ、と強張る体をなおのことジークヴァルドの背中に密着させると、硬い鱗越しに心臓の音が聞こえた気がして、わずかに落ち着く。

背後に迫っていた羽音が聞こえなくなったな、と思った次の瞬間、竜の咆哮と共に空気を激しく震わせる轟音が響き渡り、熱風が吹き付けてきた。

速く飛ぶことだけに集中していたのか、ジークヴァルドの体が少し傾いだ。わずかに速さが落ちた隙に、再びあの熱風のような何かが爆発したかのような衝撃破が吹き付けてくる。

『……っ、ここで力を使うか。こちらは使えないというのに』

悔し気に呟いたジークヴァルドがひらりと旋回する。重力を感じて悲鳴を上げかけたエステルだったが、ぐっと唇を噛みしめ何とか顔を上げた。そうして目に飛び込んできたのは、こちらに向かって飛んでくる朱金の竜の姿だった。迎え撃つつもりなのだろう。待ち構えるようにジークヴァルドがその場で滞空する。

『少し、揺れるぞ』

「はい、大丈夫です」

思いのほかしっかりとした声が出た。竜騎士なのに高所恐怖症の自分をいちいち気遣わなければならないジークヴァルドのことを思うと、申し訳なくて少しだけ腹が据わる気がする。

ぐんぐんと近づいてきたアレクシスが、がっと口を開けて咆哮するよりも先に、素早く背後に回ったジークヴァルドが、その首元に噛みついた。

がちん、と鱗に噛みついたにしてはやけに硬質な、まるで歯と歯を噛み合わせたような音が響く。

『――っ⁉』

驚いたようなジークヴァルドが身を翻(ひるがえ)して距離を取る。そのまま、何事もなかったかのように滞空するアレクシスの周りを警戒して飛び始めるのに、エステルは恐る恐る声をかけた。

「何かおかしいですか？」

『ああ……。噛みついた感触がしない。確かに噛みついたはずだが。――っ、また来るな。……仕方がない』

アレクシスが再び口を開けた。熱波のような熱い空気の塊が、こちらに向けて飛んでくるのが目に見えなくとも感じ取れる。しかし今度はジークヴァルドは避けることはしなかった。

ジークヴァルドが喉を若干そらして咆哮すると、氷交じりの風が熱波を包み込み、そのまま押し返すようにアレクシスを襲った。

朱金の竜の姿が青白い風に呑まれて見えなくなる。吹き返しなのか、強い冷風がこちらまで届き、エステルは咄嗟にぎゅっと目を閉じてしまった。

『……どういうことだ』

風が完全に止まるよりも早く、ジークヴァルドの困惑した声が耳に届く。その声に目を開けたエステルは、前方にアレクシスの姿が影も形もないことに気づいて、つい下を見てしまった。

「アレクシス様は、墜落したんですか!?　……っ」

一面に広がる緑の森が目に入った途端くらりとして、慌てて顔を元に戻すと、ジークヴァルドが不可解そうに首を横に振った。

『いや、消えた』

「え？　消えた？　どういうことですか」

『わからない。確かにアレクシス殿を風で包んだはずだが、力を吹き消した途端にその姿も全て消えた。あんな能力は見たことがない』

ジークヴァルドでさえもよくわからない現象に、沈黙が落ちる。ジークヴァルドの羽音と、風の吹きすさぶ音の中、アレクシスの消えた空中を呆然と見つめる。

――と、下方の森で轟音が響いた。思わず身をすくめてジークヴァルドの首に縋りつく。

「今度は何ですか⁉」

『やはり異変が起こったか』

忌々しげに呟いたジークヴァルドが、ゆっくりと音のした方へと下降して行くと、森の一部がごっそりと陥没しているのがわかった。その縁に、ジークヴァルドが静かに降り立つ。

「これは……」

『この辺り一帯、力の均衡が若干狂っていた。そこで力を使って諍いを起こせば、こうなることは必然だ。だからこそ使いたくなかったというのに』

アレクシス殿はそんなこともわからなくなっているのだな、と続けたジークヴァルドは、怒りに混じって落胆を隠せないようだった。エステルはそれを宥めるように銀の鱗を撫でながら逆に外明るい声を出した。

「それで力が使えない、って言ったんですね。わたしは竜騎士なのに、お役に立てていないのかと思いました」

『いや、乗っているだけで役に立っているぞ。話には聞いていたが、竜騎士がいるとこんなに身が軽くなるとは思わなかったからな。助かっている。もうお前なしではいられないな』

茶化すでもなく、しみじみと言われてしまい、暴れだしたいような嬉しさがこみ上げてきた。赤面した顔を隠すようにジークヴァルドの背中に押し付ける。

（どうしてここでそういう嬉しいことを言うんですか！　喜んでいる場合じゃないでしょ、わたし！　それよりもアレクシス様のことよ、アレクシス様）

気を落ち着かせようと呪文のようにアレクシスの名を繰り返していると、近くの木々がざわざわと波打つように揺れた。

『僕のご飯がぁあああっ！』

どこからともなくセバスティアンの嘆きの声が聞こえてくる。エステルは彼らも無事だったのだとほっと胸を撫で下ろしつつ、苦笑した。

銀に青を一滴垂らしたかのような、氷を思わせる美しい鱗に、じわりと赤黒い血が滲み出ているのを見て、エステルは自分でも痛みを感じてしまったかのように顔をしかめた。

「痛くはないですか？」

気遣うように、ジークヴァルドを見上げる。

アレクシスが跡形もなく姿を消した後、ジークヴァルドは考え込む間もなくすぐに陥没してしまった森の周辺を飛んで乱れていた力の調整をしたのだが、調整を終えた後に血が滲んでいることに遅まきながらそこで気づいたのだ。

少し予定よりは早かったが、いくつかある野営地の一つにやってきて傷の状態をよく見せてもらうと、やはり中々治らなかった首元の傷が、アレクシスと争ったことで再び開いてしまったようだった。

（もっと早くに気づいて、調整するのを止めておけばよかった……）

今更悔やんでも仕方がないのだが。

エステルの心配をよそに、ジークヴァルドは何でもないことのようにちらりと傷に視線を向けた。

『いや、それほど痛くはない』

「一度、塔か棲み処に戻った方がいいと思うんですけれども……。怪我が悪化したまま【庭】を巡れば、なおさら治りにくくなります」

『このくらいの傷ならば、問題ない。力の均衡が乱れている場所はまだある。せめて大きな箇所だけでも調整をしなければ駄目だ』

「あとどのくらいですか？」

『どのぐらい、とは一概には言えないが、まだ【庭】を一巡りできていない。古老たちへの挨拶回りは後回しにするとしても、調整だけでも済ませてしまいたい』

淡々と言い連ねるジークヴァルドの口調に疲労は滲んでいないが、それでもこのまま本当に調整を続けても大丈夫なのかと、躊躇してしまう。

『うわぁ……痛そう。うん、でも、まだ血が流れて止まらなくなっているわけじゃないから、大丈夫だよ。傷口も膿んでいないし』

竜の姿で後ろから覗き込んでいたセバスティアンのそれほど深刻ではなさそうな言葉を聞いて、不安ではあるものの、エステルは小さく息を吐いた。

「――わかりました。それじゃ、手当てしますね。水を汲んできます」

「それは俺が行くよ。エステルは手当ての準備をしておきなよ」

いつの間に荷物を漁ったのか、いち早く桶を手にしたユリウスが荷物の方を指し示す。その傍では素早く人の姿になったセバスティアンが、ユリウスが持ってきたのだろう林檎を手にして美味しそうに齧っていた。

ユリウスたちが近くの泉に水を汲みに行ってくれている間に、エステルは荷物の中から傷薬と清潔な布を取り出し、少し考えて食料が入っている箱の中から数枚のビスケットを取り出した。そうしてジークヴァルドの傍に戻ると、荷物を置いてビスケットを差し出す。

「これ、食べてください。食べたくなくても、今は食べてください」

差し出されたビスケットをじっと見つめていたジークヴァルドだったが、やがて小さく口を開けてくれた。その口にビスケットを放り込むと、ジークヴァルドは二、三度咀嚼してから飲み込んだ。それを確認して安堵していると、そこへ桶に水を汲んできたユリウスが戻ってくる。

「これ、消毒作用がある薬草を入れてあるから」

「ありがとう、助かるわ。ユリウスが一緒に来てくれて本当によかった」

「本当にそう思うよ。荷物の中にスケッチブックを紛れ込ませているような姉だからね」

ぎくりとして、笑みを強張らせる。どうしてばれたのだ。服と服の間に入れたのに。

「わたしの荷物を漁ったの?」

珍しくはにかんだように笑っていたユリウスを、恨めしそうに見据える。

「出発前、荷物を詰めている時にこそこそ詰めているのを見ていたんだよ。じゃあ俺は食事の準備をして――あっ、セバスティアン様! それは食べたら駄目ですからね!」

食料入りの箱を覗き込んでいるセバスティアンを見るなり、怒りの形相で駆けて行くユリウスに、ほっと胸を撫で下ろしたエステルは手当てを始めようと、布を水に浸した。軽く絞ってからジークヴァルドの傷に布を当てようとすると、ふと止められた。

『少し待て。人の姿の方が手当てをしやすいだろう』

ジークヴァルドはそう言うなり、ふわりと人の姿へと変わると、驚いて数歩下がってしまったエステルの目の前でサーコートを脱ぎ、シャツの襟を寛げてその場に座り込んだ。

（えっ、ちょ、ちょっと待って……！）

首を横に逸らすように傷口を見せてくるジークヴァルドを前に、エステルは真っ赤になったまま硬直した。

弟が子供の頃は見ていたが、成人男性の素肌など見たことがない。傷の手当ても、なぜかこれまでエステルには絶対にさせてくれなかったのだ。見たことがあるわけがない。

うっすらと鱗が浮かぶ白い首筋についた赤い傷跡が妙になまめかしくて、見てはいけないものを見ている気分になってくる。

「顔が赤いが、どうした？」

微動だにしなくなってしまったエステルが心配になったのか、眉間の皺を深めたジークヴァルドに問われ、エステルは赤面したまま激しく首を横に振った。

「な、何でもありません！」

前から肌を直視しなければいいのだと、桶や薬等を手にしてジークヴァルドの後ろに回り込む。そうしてみると幾分羞恥心は収まった。

改めて傷口を間近で見ると、かなり酷い。刃物でつけられた傷ではないので、少しさらになっていて見ていてあまり気分のいいものではないが、それでも痛々しさの方が先に立つ。

「少し染みるかもしれません。痛かったら言ってくださいね」

先に言い置いて、そっと傷口に布を当てる。ほんの僅か、ぴくりと肩が揺れたが、それでも呻き声は聞こえてこない。多めに布に含ませた水で傷口を拭うのを何度も繰り返す。

「先ほどのアレクシス殿が消えた現象だが……」

手持ち無沙汰なのか、ジークヴァルドがふいに話しかけてきた。

「お前は今朝、アレクシス殿に腕を掴まれて叫んだら、姿が消えるようにいなくなったと言ったが、いなくなった瞬間は見ていないのだな？」

「はい。転んでしまったので見ていません。あの時はジークヴァルド様に驚いて逃げたと思いましたけれども……」

ある程度血を拭き取ると、新しく取り出した布に小さな壺に入った軟膏をすくって塗り、傷口に張り付ける。

「掴まれたはずの腕にも痕がなかったな」

「はい。ジークヴァルド様にも見てもらってもついていませんでした。……そういえばあの時、怖かったんです」

傷に染みわたるように軟膏を塗りつけた布をそうっと上から押さえながら、その時のことを思い出して、背筋が寒くなった。

「よく知らない竜に掴まれれば、それは恐ろしいだろう」

「それもそうなんですけれども……。殴られる、とかそういった物理的な怖さではなくて、掴まれているのに掴まれていないような、なんだかおかしな感じで……。薄気味悪かったんです」

こんな説明でわかってくれただろうかと頭を悩ませていると、ジークヴァルドは何やら考え込み始めたようだった。それを尻目に、エステルは軟膏を塗った布を包帯で固定しようとしてふと手を止めた。

「あの、包帯はどうしますか？　巻いてしまっても大丈夫でしょうか」

「いや、いい。竜の姿に戻る時に邪魔だ」

軽く首を横に振ったジークヴァルドがシャツを元に戻そうとしたが、傷に張り付けた軟膏付きの布がずれそうになる。煩わしそうにジークヴァルドが眉を顰めた。

「これは取ってしまってもいいか。薬はついているだろう」

「いいえ、駄目です。せめて一晩だけでも布で覆っておいた方が効き目が違うと思います。わたしが着せますから、ちょっとシャツの上から布を押さえておいてください」

桶の水で軽く手を洗ったエステルは、ジークヴァルドの前に回り込んでシャツのボタンに手をかけた。そこでジークヴァルドの秀麗な顔がすぐ傍にあることに気づいて頬を染めた。

（つい、手を出しちゃったけど……。近い近い近い……っ）

今更やっぱりやめます、とも言えず、ぐっと近くなった距離にどぎまぎとしつつ、早く肌を隠してしまおうと何とかボタンを留め終えると、ようやくほっとした。

「あまり動かさないでくださいね」

まだ赤い気がする顔を見られたくなくて、わずかに視線を逸らしながら後片付けをしようと立ち上がると、ふいにジークヴァルドに手を取られ、思わずひぇっと変な声が出た。

「なななんですか!?」

羞恥を感じていた分、動揺が酷いエステルが落ち着くまで待っているのか、ジークヴァルドは少しの間無言でこちらを見ていたが、やがて目を細めた。

「――手当てをしてくれて助かる。お前がいてくれてよかった」

何となく既視感を覚える言葉に、ぱちりと目を瞬いたエステルだったが、一気に再び顔に熱が集まった。

（さっきわたしがユリウスに言った言葉と似ているんですけれども!?　え、なに、どうしたの）

エステルが戸惑ったままどう返したらいいのかわからずに、唇を開けたり閉じたりしていると、ジークヴァルドは眉を顰めて手を離してしまった。

「あまり嬉しくはなかったか。あのユリウスが嬉しそうにしていたから、お前も喜ぶかと思ったのだが。言葉は難しいな」

小さく苦笑するジークヴァルドは、どうにも柔らかい雰囲気で、それがなおさらいたたまれなくなってくる。

（だからって、真似をしないでください……っ）

エステルが何を言えば喜ぶのか考えてくれたのは嬉しいが、言葉を真似されるというのは気恥ずかしいものがある。

「いいえ、嬉しいです。嬉しいですけれども……。ユリウスほど役に立てていないので、ちょっと気が引けます。荷物にスケッチブックを忍ばせたりしてますし」

照れ隠しに茶化したように笑ったエステルは、桶と血で汚れた布を手に取った。そのままそそくさと片付けてこようとすると、サーコートを身に着け直していたジークヴァルドがこちらを振り返った。

「手当てをしたのだから、しっかりと手を洗え」

「え？　はい」

きょとんと目を瞬き、わざわざ念を押してきたジークヴァルドをまじまじと見返す。握っている布の束には水で薄くはなっているものの、血の染みがまだ落ち切らずに残っている。

（手を洗うって……。血がついたから？　それは洗うけれども……。――あ、あれ？　そういえばお昼に血を舐めたら駄目だとかどうのこうの言っていたわよね？）

呑気なセバスティアンが慌てるくらいだった。思い出してしまうと、急に気になってくる。

「そういえば、お昼にセバスティアンが言いかけていたことって、何だったんですか？」

腰のベルトを巻き直していたジークヴァルドがわずかに片眉を上げた。そうして明らかに聞かれたくなかった、とでもいうように顔をしかめる。

「……忘れたままでいればよかったものを」

そっぽを向いてぼそりと呟いたジークヴァルドは、しかしながらしばらくしてこちらに視線を戻した。その竜眼は真剣味を帯びていて、やはり大事なのだと緊張してきてしまう。そんなエステルを見据えながら、ジークヴァルドは静かに唇を開いた。

「――番の誓いの儀式の一環だ」

「…………ん？　ええと……。はい？　番？」

理解が追い付かず、頭の中で番という言葉だけがぐるぐると回る。

「ああ。番の香りがする者同士が互いの血を飲み、互いの力を交わらせるのが番の誓いの儀式の一つだ。これを済ませると、他に番の香りがする者が現れたとしても、その者とは番うことができなくなる」

「つまり……」

「つまり、お前も俺の血を口にすれば、それで番の誓いの儀式がほぼ成立する可能性がある」

エステルは小さく口を開けて呆然とジークヴァルドを見上げた。徐々にどういうことなのか頭に浸透してくると、こみ上げてきたのは怒りだった。

「どうしてそんな……。自分から選択肢を狭めることをしたんですか……っ」

持っていた桶を取り落とし、ジークヴァルドの胸元を掴む。

知らない間に、エステルが番になると頷かなければジークヴァルドの寿命が短くなると決定してしまっていたことが、竜が人を食べていたと聞いた時よりも衝撃的すぎて眩暈と動悸がしてきた。ジークヴァルドが驚いたように目を見張る。

「お前は……、俺がお前に黙って血を飲ませようとしていたかもしれないとは思わないのか？」

「ジークヴァルド様は食べ物にはご自分から触りません。やるんだったら絶対にクリストフェル様を巻き込んでいます。でも、わたしはあの件の後にクリストフェル様から食べ物や飲み物を貰ったことはありません。ほとんど自分かユリウスの作ったものを食べています」

あの腹黒い黒竜のことだ。セバスティアンの言うように、ジークヴァルドから聞かされていたとしたら、たとえジークヴァルドの指示がなくても、さりげなくエステルの口にするものに混ぜてしまうに違いない。配下にとってはジークヴァルドの命の方が最優先なのだから。

「それに自分の命がかかっているのに、出会ってすぐに番の儀式を強行しなかった方が、今更そんな卑怯なことをするわけがありません。だって、ジークヴァルド様は……わたしに番になってくれないか、ってちゃんと聞いてくれました」

　ぐっとジークヴァルドのサーコートを握りしめる。その手を宥めるようにジークヴァルドが上から包み込んだ。

「セバスティアンにも言ったが、血を舐めただけだ。飲んではいない。可能性は低い」

「それでも、わからないじゃないですか」

「後悔はしていない。あの時はどうしてもお前が血を流している姿を見たくはなかった。番の儀式のことなど、まったく頭に浮かばなかったからな。俺の勝手でしたことだ。お前は気にしなくていい」

「気にしないわけがありません！」

　くわっと、噛みつく勢いで怒鳴りつけても、ジークヴァルドは眉間に皺を寄せたまま黙ってこちらを見ているだけだ。

「――脱いでください」

「何をするつもりだ。まさか傷を舐めると言い出すのではないだろうな」

「……っ。いいから、脱いでください！」

　据わった目でジークヴァルドを見据え、彼の襟元に手をかける。引きはがそうとするジークヴァルドの力にかなうわけがなかったが、それでも加減してくれているのかエステルの手を掴む力は弱い。それが余計に胸に迫った。

「何？　どうしたの？」

エステルの怒鳴り声に驚いたのか、焚火を熾していたユリウスが大股で近寄ってくる。

「ジークヴァルド様が――。……っ、ジークヴァルド様が食事をしないって言うから、ちょっと頭にきただけよ」

振り返り、怒りのままに言い募ろうとしたが、弟の怪訝そうな表情を見た途端、咄嗟に別のことを口にした。

（こんなこと、ユリウスが知ったら……）

怒り狂うのが目に見えてわかる。おろおろとこちらを見ているセバスティアンがユリウスに気づかれないように小さく首を横に振ったのも見えて、妙に冷静になった。耳がいい竜のことだ。おそらくセバスティアンには会話の内容が筒抜けだろう。ユリウスに知られるのは時間の問題かもしれないが。

腹の底にたまった怒りを吐き出すように長く息を吐くと、ジークヴァルドの襟元からようやく手を離し、少し乱れてしまった彼の襟元を整える。幸いなことに軟膏を塗って張り付けた布はずれていないようだった。

「……ちゃんとお食事はしてください。お願いですから、これ以上心配させないでください」

「――ああ、わかった」

眉間の皺を消し、何の表情も浮かべずに静かに頷いたジークヴァルドに、深く溜息をつく。

済んでしまったことはもう仕方がないが、気にするなと言われても、すぐに納得することなどできるわけがない。

エステルは地面に落とした桶に散らばってしまった汚れた布を放り込み、ジークヴァルドに背を向けた。

＊＊＊

秋の柔らかな陽光に照らされ、泉の水底に沈む様々な色の石が虹のように輝いていた。

竜の姿のジークヴァルドの背から感嘆したように辺りを見回していたエステルは、そう忠告をされ、小さく頷いた。

『エステル、降りるな。流されるぞ』

ジークヴァルドの足元では、目の前の泉から溢れた水が清らかな音を立てて流れているが、綺麗な見た目に反して流れが速い。確かにエステルでは足を取られて流されそうだ。

水が際限なく湧いてくる泉の底に沈む石は、まるで宝石箱をそのまま水に沈めたかのように色彩が豊かで美しい。

（でもこの色、力の均衡が狂っているからだ、って言っていたけれども……。しっかり見ておかないと、とか思ったら不謹慎かしら）

本来なら水は溢れず、石もただの白い石らしい。それを考えると明らかに異常だが、これを見られるのが今だけだと思うと、観察しなければ、とつい考えてしまう。

（それが現実逃避だって、わかってはいるけれども）

いつもそうするように氷の風で泉を覆い始めるジークヴァルドにちらりと目を向ける。

ジークヴァルドと口論した後から二日。古老たちへの挨拶回りを後回しにして、力の調整を重点的に行っているが、その間、エステルはジークヴァルドとぎこちない会話しかしていない。

「そういえばさ、ここ二日アレクシス様が来ないよね」

溢れて止まらなくなっていた泉付近の力の調整を終えた後、ジークヴァルドが水の勢いの収まった地面にエステルを降ろして確認のために空に舞い上がると、セバスティアンから降りて来たユリウスが思い出したようにわずかに首をひねった。

「ジークヴァルド様が力を使って追い払ったから、もしかしたら怪我でもしているのかもしれないわよ。少し心配になるけれども……」

頻繁に訪ねてきていたアレクシスがここ二日ぱたりと姿を見せなくなった。襲い掛かられたとはいえ、少し様子もおかしかった上、怪我をしたままでいられるのは後味が悪い。

ジークヴァルドが旋回している上空を見上げながら溜息をこぼしそうになると、ユリウスが難しそうに唸った。

「もしそうだとしたら……、エステルは危ないかもね。アレクシス様を心配している場合じゃないよ」

「どういうこと？　アレクシス様はわたしを竜騎士に勧誘しているだけよ。確かに、この前の様子だとちょっと無理やり引っ張って行かれそうな気配はするけれども……」

「そうじゃなくてさ」

ユリウスは一旦言葉を切ると、泉に魚がいるとはしゃいで獲ろうとしているセバスティアンを見て深い溜息をついた後、こちらに心配そうな目を向けてきた。

「竜は怪我を治すために物を食べるよね。それで、アレクシス様は片翼が思うように動かせないくらい、力がうまく操れない。怪我を治して力を操りやすくするのに一番手っ取り早い方法は――人を食べることだと思わない？」

「わたしが食べられるかもしれないって言うの⁉」

考えてもみなかったことにぎょっとして、思わず声を上げてしまう。

エステルの大声に魚が逃げてしまったのか、セバスティアンが残念そうな声を上げていたが、驚きのあまりそれに謝る余裕などなかった。

「だって、ジークヴァルド様にあれだけ睨まれても、エステルを竜騎士にしようとしているくらい執着しているんだから、俺より危ないのはエステルだよ」

「それは……そうかもしれないけれども」

二日前、煉瓦色の古老から竜は力を操りやすくするために人を食べていた、と聞いた時にはさほど怖いとは思わなかったが、いざ自分にその可能性が出てくるとなるとぞくりと背筋が寒くなった。

「だからさ、やっぱり国に帰ろう。種族の違う人間が竜ばかりの【庭】で暮らすのは危険なんだよ。今のジークヴァルド様ならきっとエステルが帰りたい、って言えばすんなり帰してくれるよ。何だか知らないけれども、喧嘩もしているみたいだし」

顔を歪めて説得してくるユリウスは、番の誓いの儀式が済んでしまっているかもしれないことを知っていて、そう言ってきているのかわからない。

「喧嘩じゃないわよ。それにわたしを食べるかもしれない、なんて仮定の話でしょ。絶対にそうだとは限らないわ。アレクシス様に失礼よ」

ぐっとユリウスが珍しく押し黙る。エステルを心配してくれているのはわかるが、自分しか番になれなくなってしまった可能性があるのなら、番になる覚悟をしていかなければならないだろう。ジークヴァルドは気にするなと言ってくれてはいるが。

　そっと耳飾りに手をやり、空を旋回するジークヴァルドを振り仰ぐ。初秋の正午の柔らかい光を受けて煌めく銀の鱗は、どうしても心をつかんで離してくれず見惚れてしまう。

　ふと、下を確認しながら飛んでいたジークヴァルドが、首をもたげて東の空の方を見据えた。つられてそちらを見たが、高い木々に囲まれていてここからでは何があるのか見えない。そうしている間に、ジークヴァルドはゆっくりとこちらへと降りて来た。

「どうかされたんですか？」

『俺の配下の者が来る』

　未だ泉から溢れた水が残る地面を踏みしめ、ジークヴァルドが上空を見上げていると、いくらもたたないうちに姿を見せた薄茶色の竜が周囲の木々の葉を鳴らして慌ただしく降りて来た。

『ジークヴァルド様、クリストフェル殿からの伝言です！　【奥庭】で大規模な異変が確認されました。数匹が巻き込まれて怪我を負った模様です』

　焦った声で告げてきた配下の竜に対して、ジークヴァルドは冷静な様子で頷いた。

『わかった。すぐに向かおう。他に伝えることはあるか』

『はい、もう一つございます。それが――』

　ちらりとすぐ傍にいたエステルに目を向けた薄茶色の竜は、こちらに聞かれたくなかったのか、ジークヴァルドに近寄ると、その耳元で小さく何事かを告げた。

（わたしに聞かれたら都合が悪い話かしら……）

エステルになのか、それとも人間になのか判断がつかないが、おそらくあまり大声で話せる内容ではないのだろう。後でジークヴァルドは話してくれるだろうかと考えていると、ジークヴァルドが苦々しそうに小さく唸った。

『そういうことか。——欲深い人間は掃いて捨てるほど出てくるのだな。誰かを向かわせたか？』

不穏な気配と、欲深い人間、という単語にどきりとして、つい聞き耳を立ててしまう。鼓動が早くなる音さえも邪魔になってくる。

『はい、その……あの方の——が。クリストフェル殿は一応止めたのですが、どうしても、と』

『仕方がない。その者には竜騎士がいないな？　周辺の国々に被害が出たとしても、こちらの感知するところではない。あの国の自業自得だ』

ジークヴァルドが嫌悪を隠しもせずに吐き捨てると、配下の竜は同意するかのように小さく唸り声を上げた。

（国？　自業自得って……。何か【庭】の外であったの？）

竜騎士がいない竜が【庭】の外へ出たようだが、そうなるとジークヴァルドのように力を操ることに長けている竜でもない限り、多少の被害が出るのは必然だ。それでもジークヴァルドが了承したということは、何か竜にとって看過できないことが人間との間であったのだろう。

恐れなのか怒りなのかわからない緊張感にエステルがごくりと喉を鳴らしていると、配下の竜は再びエステルに視線を向けてすぐにジークヴァルドに向き直った。

『これも確認するようにとのことですが、エステルを【塔】に戻されますか？』

思ってもみない言葉に、エステルは大きく目を見張った。これからジークヴァルドは大規模な異変が起こったという場所へ行くのだ。乗っているだけで体が軽くなるというのなら、血が滲むことはなくなったとはいえ、怪我が癒えていないジークヴァルドから離れるのは嫌だ。

置いて行かないでほしいとばかりにジークヴァルドを見上げると、銀竜はエステルの懇願の視線にもこちらを見ることなく、首を横に振った。

『いや……、アレクシス殿がいつどこに現れるかわからない。共に連れて行く』

ジークヴァルドが迷うそぶりも見せずに連れて行くと決めてくれたことに、胸を撫で下ろしていると、それを聞いた配下の竜は「お気をつけて」と言い残し、静かに頭を下げて塔へと戻って行った。

『聞いての通りだ。【奥庭】に向かうが……。エステルとユリウス、お前たちは絶対に俺やセバスティアンから離れるな』

薄茶色の竜を見送ると、ジークヴァルドが真剣味を帯びた目を向けてそう忠告をしてきた。

「それは……、この前言っていた、奥には人間を食べる竜がいるからですか？」

つい先ほどユリウスとその話をしたばかりだ。話題にしているとあちらから都合よくその物事が寄ってくるものなのだろうか。

『それもあるが……。数日前に、怪我をした竜を助けただろう』

「はい。ベッティル様ですよね。薄紫の鱗と、紫水晶みたいな瞳がすごく綺麗な竜でした」

怪我を負って痛々しかったが、小柄な体も相まって可愛らしい竜だった。エステルがうっとりと思い出していると、ジークヴァルドが苛立ったように尾を地に強く打ち付けた。ばしゃりと残っていた水が跳ねて、すぐ傍にいたセバスティアンが「ジーク、やめてよ！」と情けない声を上げるのを聞いて、エステルは緩んだ表情を慌てて引き締めた。

『【奥庭】はあのような、力の弱い竜や……、怪我を負い飛べなくなった竜、そして身体的に一般の竜とは変わった特徴を持つ竜が集まっている集落がある。前にも言ったが、そこには人間をほとんど見たことがない竜や、人間嫌いの竜が多い』

「下手な真似をすれば襲ってくる、ってことですね」

まだ番ではないエステルなら、よほど癇に障れば襲ってくるだろう。

『ああ。だが、何もしなければ人間嫌いの竜は警戒をするだけで近寄ってこないだろう。問題なのは力が弱くとも好奇心旺盛な若い竜たちだ。いくら力が弱く体が小さいとはいえ、竜だ。人間相手の力加減など知らずに、竜に接するように寄ってくるだろう』

「………それは、潰れるか、弾き飛ばされますね。下手をすると空から落とされる可能性もありますよね」

『ああ』

神妙に頷いたジークヴァルドを見て、エステルは頬を引きつらせて笑った。エステルとほぼ同じ背丈の子竜でさえも時々危ないのだ。それ以上ともなると、惨劇が予想される。

「あの、それでしたら、ユリウスは残ってもらった方がいいんじゃないでしょうか？　力の調整をするのはジークヴァルド様ですし」

「は？　何言っているのさ。それを聞いたら余計について行こうと思うよ。もしジークヴァルド様がどうしてもエステルを降ろさなくちゃならなくなった時、どうするんだよ。セバスティアン様もついて行ってくれますよね？」

論外だとばかりにユリウスが柳眉を逆立てる。

『うん、一緒に行ってあげるよ。多分【奥庭】のみんなは、異変に巻き込まれて怒りっぽくなっていると思うし。大丈夫、僕がついているからユリウスたちには牙一本届かせないよ』

心なしか胸をはって得意げに語るセバスティアンに、思わず苦笑いをしてしまう。呑気で大食いだが、実力はある竜だ。そそっかしさを発揮しなければ大丈夫だろう。

話が決まると、ジークヴァルドが身を傾けてきた。

『乗れ。少し急ぐが大丈夫だな？』

「――はい。ちょっと慣れてきました」

塔を出てからずっとジークヴァルドの背中に乗っての移動だったのだ。怖さが完全に払しょくされたわけではないが、それでも身が硬直してしまう回数は減ってきたと思う。

ジークヴァルドの背中によじ登ったエステルは、先に飛び立ったセバスティアンたちを見上げてふと思い出した。

「あの、さっき配下の方が言っていたもう一つの伝言は何だったんですか？」

教えてくれるかどうかわからないが試しに聞いてみると、羽ばたき始めていたジークヴァルドがかすかにこちらを振り返る。

『あちらはこの件が終えたら話す。――少し確証が持てないが』

何か思うところがあるようだが、とりあえず話す気はあるらしい。それならば、余計なことは考えずに今は【奥庭】の力の調整の件の方へ意識を集中させなければ。

ジークヴァルドがふわりと舞い上がる。同時に内臓が持ち上がるような浮遊感を覚えるも、頬に当たる風はまだ弱い。

しかしすぐに髪が乱れ、服の端が激しくはためくほどの速さになる。

息苦しいような風が吹き付けてくる中、エステルは息を詰めるようにしてジークヴァルドの背中にしがみついた。

＊＊＊

エステルは竜の姿のジークヴァルドの背中に乗ったまま、目の前に広がる光景に言葉を失っていた。

まるで嵐の後のようになぎ倒された木々に、抉れた地面。倒れた木の下敷きになって助け出されたのか、怪我を負った数匹の竜が少し開けた広場のような場所でぐったりと横たわっている。痛々しさに、エステルは眉を顰めた。

「酷い……」

彼らの棲み処は広場を見下ろす岩山のあちこちに空いた洞穴らしいが、突如現れた竜巻に巻き込まれ、逃げ込む暇もなかったらしい。竜たちを襲った竜巻はすでに消えていたが、名残なのか弱くはない風が残った木々の葉を大きく揺らしていた。

辺りを見回したジークヴァルドが低く唸り声を上げる。

『力の均衡が酷く狂っているな。――この場で調整をする。動ける者は怪我をした者を棲み処の中へ運び入れろ』

威圧しているつもりはないのだろうが、長のジークヴァルドに畏怖を覚えているのだろう。地面に伏すようにしてこちらを窺っている無傷の竜たちは、聞いていた通り小さい個体が多い。だがその中に、エステルが知っている竜とは違う異形の竜たちを見つけて、目を見開いた。

（角がない竜がいるわ……。え、あれって尻尾が二股に分かれているわよね？　あ、あっちの竜は翼が少し小さいけれども……嘘、四枚⁉）

形と本数は様々だが、頭に生えた角に一本の太い尾、そして一対の翼があるのがエステルが知っている竜たちだ。銀の鱗も十分に珍しいが、ああいった竜は見たことがない。

エステルが前のめりぎみに異形の竜たちを見ているのに気づいたのか、ジークヴァルドが声を潜めた。

『あれらの者にはなおさら近づくな。人間に珍しがられすぎて嫌気がさし、奥へと引っ込んだ者たちだ。竜騎士を得られるほどの力は十分にある。彼らは弱い者たちの庇護を担っているからな。下手な真似をすれば怒りをかうぞ。当然お前の魅了の力にも気づいている』

釘を刺されたエステルは、ひっと首を引っ込めた。

（危ない……。あんまりじっとは見ないようにしないと）

怪我をした竜たちを運び始めた彼らの顔を見ないようにして眺めていると、人間が珍しいのか、ちらちらと竜たちの視線がこちらを向く。興味津々といったように遠くから眺めている竜もいれば、疑りぶかそうな視線を向けてくる竜もいる。嫌悪の視線は感じられないが、そういった竜はおそらく魅了の力を嫌ってこちらを見ないだろう。

ふいに一際強い視線を感じた。何げなくそちらに目をやったエステルは、あっと声を上げた。白に近い薄紫の鱗に、紫水晶のような澄んだ色の竜眼。小さめな体躯の竜がエステルをきらきらとした目で見上げていた。その尾は嬉しそうにぱたぱたと揺れている。

「ジークヴァルド様、ベッティル様がいます。怪我は治ったんでしょうか？」

『待て、降りるな。彼らを刺激するぞ』

嬉しくなってしまい、うっかり降りそうになるところをジークヴァルドに止められ、慌てて居住まいを正す。その間におそるおそるではあるが、ベッティルが近づいてきた。

『杏、ありがと。ベッティル治った。おかげ、アナタの。なにかする？』

「いいえ、お礼なら運んでくれたジークヴァルド様に言ってください。わたしはちょっとお手伝いしただけです」

ジークヴァルドを恐れるように窺いつつも、エステルに首を伸ばしてきたベッティルの頭を、そうっと撫でる。

（あああっ、可愛い。描きたい。異変の調整が全部終わって、落ち着いたら描かせてもらえないかしら）

気持ちよさそうに目を細めるベッティルに微笑ましくなっていると、ジークヴァルドがばさりと大きく翼を羽ばたかせた。

ベッティルが怯えたように慌てて後ろに下がって行く。

『運び終えたようだ。始めるぞ』

淡々とした声音は、どこか不機嫌そうだ。どうもベッティルを撫でたのが気に食わないらしい。それもそうだ。セバスティアンでさえも不愉快だと言うくらいなのだから。

少し考え、エステルは身を乗り出すとジークヴァルドの首を宥めるように小さくぽんぽんと叩いた。すると首を巡らせたジークヴァルドがふんと鼻を鳴らしたかと思うと、エステルの頭を軽く鼻先で小突いてすぐに前を向いてしまった。

（……っ、なに、いまの。なんなのあれ、ちょっとすねているの？　うわぁ……）

何だかよくわからないが、竜の姿のせいか可愛らしい仕草に見えてしまい、つい頬が赤くなってしまう。意味もなく周囲を見回してしまうと、少し離れた場所で主竜に乗ったユリウスがこちらを見ていたことに気づいた。何とも言えない乾いた目を向けられたまま首を横に振られ、気まずげな笑みを返す。

エステルがいたたまれなくなっている間に、ジークヴァルドが翼を広げたかと思うとふわりと舞い上がった。

ジークヴァルドが空に向かって喉をのけぞらせるように吠える。氷交じりの風がいつもより広範囲にわたって覆いつくしていき、すぐに青白い風に地上が見えなくなった。

（空気が重たい……っ）

怖さを押し隠し、何とか下を見ていたエステルだったが、急に密度を増した気がする空気に息苦しくなり、ジークヴァルドの背中に突っ伏す。

暴風が吹き荒れる音がしばらくしていたかと思うと、再度咆哮したジークヴァルドの声とともに、さあっと最後の一吹きとばかりに涼やかな風が通り抜けると、重たかった空気がふっと軽くなった。

『――終えたぞ』

ジークヴァルドの声についほっと息をはいてしまってから、慌てて口を閉じる。乗ったまま溜息をつかれるとむず痒(かゆ)いと言われていたのに、よく忘れてしまう。

「もう大丈夫そうですか？」

『ああ、この近辺では異変は起こらないだろう』

大きく旋回をしながらジークヴァルドが確認をし終えて地上に降り立つと、にわかに騒がしくなっていた。

『どうした？』

おろおろと騒ぎの外側をうろついていたセバスティアンに、ジークヴァルドが声をかける。

『あ、ジーク。うん、何だか今のジークの力にあてられちゃったみたい。怪我をしていた竜がちょっと暴れてて……』

いくつもある棲み処の洞穴の内の一つに集まっていた竜たちが、ジークヴァルドがやってきたことで波が引くように後ろに下がる。洞穴の中から聞こえてくる悲鳴じみた混乱した竜の声に、エステルは思わず身をすくませた。ジークヴァルドの背に乗っていることで、自然と左右から竜の視線が突き刺さってくることも緊迫感が増してくる。

『落ち着きそうもないか?』

洞穴の入り口を覗き込むように中の竜を宥めている深緑色の竜に、ジークヴァルドが声を潜めて尋ねると、二股に分かれた尾を持つその竜は弾かれたように振り返った。

『は、はい……。怪我の痛みもありますので、なおのこと混乱しているようで』

『……少し、昏倒させるか。一度眠れば、正気を取り戻すだろう』

昏倒、という言葉にエステルは目を瞬いた。

(どうやって昏倒させるの? 怪我をしているのに、もしかして力をぶつけるの? それって大丈夫なのかしら……。何か別の方法があればいいんだけれども)

エステルが考え込んでいるうちに、深緑色の竜が静かに洞穴の入り口から下がった。代わりにジークヴァルドが洞穴を覗き込む。そこでようやくジークヴァルドの背に乗ったままのエステルの目にも、混乱している竜の状態が見えてきた。

入り口から差し込む日の光がかろうじて届く場所で、木の枝に裂かれでもしたのか、腹の辺りから血を流している藍色の竜が呼吸を荒げながら首と尾を振り回している。琥珀色の竜眼には理性の光はなく、ぎらぎらとした獰猛な色が浮かんでいて、ジークヴァルドを見ていてもそれが誰だかわかってはいないようだった。

エステルがその様子に、ぎゅっと胸が掴まれた時だった。

『お前、番ならば注意を引くなりして、長を手伝いなさいな』

咎める声と共に、後ろにいた深緑色の竜にぐいと襟首を掴まれ、ジークヴァルドの背中から引きずり降ろされる。ジークヴァルドがはっとして振り返るのとほぼ同時に、怪我を負っていた藍色の竜の目の前に放り出された。

「……っ!?」

地面に容赦なく転がされたが、痛いと言っている場合ではなかった。目の前にぬっとあらわれた琥珀色の竜眼に、慌てて身を起こして息を呑む。

（目を逸らしたら、噛みつかれる……！）

低い唸り声を上げて、藍色の竜がこちらを睨み据える。痛みなのかそれとも人間を前にした興奮なのか、鋭い牙が並ぶ口の端からぼたぼたと涎を滴らせる藍色の竜の琥珀色の竜眼を、エステルは瞳の奥まで見据えるようにぐっと凝視した。

ふーっ、ふーっと荒い呼吸をしながら、藍色の竜がエステルを見返し、威嚇するように激しく尾を打ち鳴らしてきた。洞穴の硬い岩壁にその音が反響して、まるで竜の咆哮のように響く。

ふとエステルの腹の前に、誰かの腕が回された。びくりと肩を揺らしたエステルの耳にジークヴァルドの落ち着いた声が届く。

「そのまま見ていろ。魅了の力が漏れ始めている。魅了をかけて落ち着かせてしまっていい」

ごくりと喉を鳴らし、エステルは視線を外さないまま緊張に身を強張らせて小さく頷いた。

そうしているうちに藍色の竜は抗うかのように一度首を横に振ったかと思うと、ぱちぱちと激しく瞬きをし始めた。瞬きを繰り返すうちに、徐々にその視線が酔ったように揺れ出す。それに気づいたエステルはなおのことぐっと目に力を込めた。

「座って、横になりましょう。大丈夫、横になってゆっくり息をしましょう」

言い聞かせるように繰り返し言葉をかけ続けていると、藍色の竜はやがて尾を打ち付けるのをやめ、静かにその場に身を伏せた。琥珀色の瞳が眠気が襲ってきたかのようにとろりとしていて、今にも眠りに落ちそうだ。

「エステル、もういい。かかったようだ。――よくやったな。助かった」

緊張でがちがちに強張っていた肩をジークヴァルドが撫でて、見開いていた目を閉じさせるように少し体温が低い大きな手が覆う。そうされて、ようやく体から力が抜けた。背後にいたジークヴァルドについ寄りかかってしまったが、羞恥ではなく今は安堵の方が大きい。

(なんだかすごく疲れた気がする……)

体に力が入らない。これまで一度も感じたことのない疲労感に、ジークヴァルドに抱き上げられて洞穴の入り口から移動しても、抗う気力もなかった。

洞穴の傍に集まっていた竜たちの驚愕(きょうがく)の視線や畏怖の視線を受けつつ、人垣ならぬ竜垣を越えると、外側で待機していたセバスティアンの背中から降りたユリウスが心配そうに眉を寄せて革袋に入った水を差し出してきた。

「大丈夫？　ほら、水でも飲んで」

「……ありがとう」

ジークヴァルドに抱えられたまま地面に座り、受け取って口に含むと、ようやく人心地ついた。ほっと息をつくと、ジークヴァルドも安堵したのか、眉間に寄せていた皺を少し緩めた。

「どうして今回はこんなに疲れたんでしょうか。今までこんなことはありませんでした」

「おそらく、お前に興味があるかないかの違いだ。悪意であれ好意であれ、お前自身に興味を持っていればかけやすい。あの者は混乱しわけがわからなくなっているようだったからな。意識をこちらに向かせるだけでも気力を使う。ここまで疲れるとは思わなかったが……」

エステルを抱え直すように膝に座らせながら説明をしてくれるジークヴァルドに、もたれかかったまま息をはく。支えがなかったら、魅了をかけ終わった途端に引っ繰り返っていたかもしれない。

エステルがひとまず落ち着きを取り戻すと、ジークヴァルドはエステルを抱えたまま再び立ち上がった。

「後はここの者たちに任せて、近くの野営地へ向かおう。セバスティアン、エステルを乗せてやってくれるか」

「わたし、大丈夫ですよ。一人でも乗れます」

「こんなにふらふらの状態だというのに、一人で乗せられるものか。乗せる俺の方が気が気ではない。セバスティアン、頼む」

軽く睨まれて、エステルがぐっと押し黙っている間にジークヴァルドはセバスティアンに近づいた。

『いいよー。さっさと引き上げよう。ユリウスも早く乗って、乗って』

周囲をぐるりと見回したセバスティアンが、少し早口で了承したかと思うと、自分の竜騎士を急かした。強張った表情のユリウスが乗ると、エステルはすぐさまジークヴァルドによってその前へと押し上げられて座らされた。

(何をそんなに焦っているの……？)

エステルが不審げに周りを見やると、洞穴に集まっていた竜たちが今度は一定の距離を開けているものの、エステルたちを取り囲むようにして集まっていた。先ほどとは違い、ちらほらと人の姿の竜も見えるが、彼らの様子は嫌悪から、好奇心に満ちた顔、そして歓喜といったように様々で、今にも詰め寄ってきそうな異様な圧迫感を感じる。

(これって……、わたしが魅了の力を使ったから？)

騒ぎになる一歩手前、というような張り詰めた雰囲気に、竜たちを見渡しながら唾を飲み込む。

セバスティアンが飛び立とうと翼を広げたその時だった。ジークヴァルドが竜の姿へと戻る隙を突くように、素早く近づいてきた一匹の竜がエステルの服の端をくわえて引っ張った。

「エステル！」

咄嗟にユリウスが腕を掴んだが、強い力に抗えずにユリウスともどもずるりとセバスティアンの背中から落下する。

「……っつぅ」

力の入らないエステルの体をユリウスが抱え込んでくれたおかげで、怪我は免れたが、弟を下敷きにしてしまい、エステルは慌てて起き上がった。

「ユリウス！　大丈——っ⁉」

状態を確認しようと身を屈めかけたその腕を、力任せにぐいと誰かに掴まれる。痛みに顔をしかめてそちらを見たエステルは、そこに黒髪に顔が全て鱗に覆われた青年の姿を見つけてひっと小さく悲鳴を上げた。

「うわ、細い！　え、人間ってこんなに細いのかよ。ほら」

『どれどれ』

隣からぬっと首を出した青い竜の方へと勢いよく押しやられて、足がもつれて転んだ。目の前にある鋭い爪が備わった竜の手がエステルの胴を掴んでこようとするのに、四つん這いになったまま、必死に逃げる。

『あたしも触りたい。触らせて！』

今度は横合いから出てきた金色の小さな角が生えた薔薇色の鱗の竜が、エステルの髪をくわえて力任せに引き寄せた。遠慮なく引っ張られたおかげで、あまりの痛みに涙が出てくる。

「……っ！　すみません、痛いです。離してくださいっ！」

『このくらいで痛いの？　うそぉ、だってちょっとしか抜けていないよ。皮が剥がれたわけでもないのに。それより目ってどうなっているの？　さっきの魅了なんでしょ。ちょっと見てもいい？』

恐ろしいことを聞いた気がするが、その声は無邪気で全く悪意がない。

子竜と同じように戯れているつもりなのかもしれないが、甘えるというよりも、玩具にされている気がする。ただ、酷く手荒い。ジークヴァルドの言っていた、人を見たことがない好奇心旺盛な若い竜なのだろう。

『――俺の番に触れるな!!』

唐突に、ジークヴァルドの怒声が広場全体に響き渡り、氷交じりの暴風が巻き起こった。

エステルの頭を鋭い爪で掴もうとしていた薔薇色の鱗の竜は、竜の姿のジークヴァルドが静かに歩み寄ると、腰を抜かしたかのようにぺたんとその場に座り込んでしまった。

エステルがずきずきと痛む頭皮を押さえていると、ジークヴァルドに襟首をくわえられてそのままセバスティアンの背中に再び乗せられた。先に乗っていたユリウスが後ろから抱え込むようにして支えてくれる。

「ユリウス、どこか怪我は――」

「それを聞きたいのはこっちだよ。さっきからもう生きた心地がしなかった……」

エステルの肩に頭を乗せて、後ろから縋るように抱きしめてくる弟に、そこでようやく震えが体の底からこみ上げてきた。同じように小さく震えているユリウスの腕をきつく掴む。

『行くよっ！』

いつもよりもはきはきとした声で合図をしたセバスティアンがふわりと飛び立つ。今度こそは問題なく上空に舞い上がるのと時同じくして、ジークヴァルドが地上で威嚇するかのように大きく咆哮した。

空気を震わせるその声を聞きながら、恐ろしいはずのその声になぜか安堵してしまい、エステルは全ての空気を吐き出すかのように大きく息を吐いた。

第四章　竜は闇夜から告げる

　ふっと凍えるような大きな力が広がり、微睡んでいたアレクシスは覚えのある力に引かれるように、ゆっくりと意識を浮上させた。

（ジークヴァルド、か？）

　目を開けると、周囲に広がるのは懐かしい【庭】の緑の原。鼻先をくすぐる風には、どこから漂ってくるのか甘酢っぱい木苺の香りが混じっている。

　横たわっている柔らかい草地に、泣きながらも飛ぶ練習をやめないセバスティアンが何度も墜落していたのを覚えている。それを見守っていた自分も。その傍に別の誰かがいたような気がした。

（……誰かと見守っていた？　誰だ……）

　頭にもやがかかったように思い出せない。考え込むほど深い霧の森に迷い込んでしまうようだった。

「そうだ、竜騎士、竜騎士を得れば……」

　ぽつりと呟くと、なぜか脳裏に薄暗く湿っぽい洞窟のようなものが浮かんだが、すぐにそれももやの向こうに消えてしまう。

　変わりに頭を占めたのは、心地の良い日だまりのような暖かなもの。たった一匹の竜だけに向けられたゆるぎない信頼の目。朗らかで、親しみのこもった二つの声が蘇る。

——他の竜の竜騎士なんて今更なりたくありません。もったいない。

——貴方以外の竜の竜騎士は、考えられないな。

ゆっくりと身を起こすと、踏みしめたはずの草地はあまり踏んだ感触がなく、体は痛まず、それどころか体重を感じさせないかのように軽い。

(あの娘を竜騎士にすれば、きっと何もかもうまくいく)

その何もかもの何、がよくわかっていないとは、自分自身でも気づかなかった。

少し羽ばたくと、左の翼は広がっただけでほとんど動かなかったが、それでも軽々と空中へと浮かび上がった。そのことに疑問を一切持つことなく、アレクシスはジークヴァルドと同じ銀の髪に藍色の瞳をした、竜騎士であって番の人間の娘の姿を求めて、先を急いだ。

＊＊＊

「……何、これ」

【奥庭】の騒動から一夜明けて眠っていた天幕から出たエステルは、入り口近くに山のように積まれた果物や木の実、そして鹿や熊といった動物の死骸を見つけ、ぽかんと大きく口を開けて立ち尽くした。

『見て見て、エステル！　すっごい沢山もらったよ!!』

「……あ、おはようエステル。熊なんて捌けないのに、どうしたらいいと思う？」

山積みにされた食材の前で、竜の姿のセバスティアンが歓喜の声を上げながら嬉しそうにぐるぐると喉を鳴らし尾を振っている。その傍らではユリウスが表情を引きつらせて呆れたように眺めていた。

「――【奥庭】の者たちが昨日の非礼の詫びだと言って、持ってきた」

一部が朝の爽やかな空気に全く似つかわしくないそれらを唖然として見上げていると、今朝は人の姿のジークヴァルドがやってきて、教えてくれた。

「ジークヴァルド様……、おはようございます」

笑みを浮かべて挨拶をすると、彼はじっとエステルを見据えたかと思うと、頬に手を当ててきた。少し温度の低い手は、目が覚めるほどではないが、それでも冷たくて心地がいい。

「顔色が悪いな。まだ疲れが残っているか？」

「いいえ、そんなことはありません。少し夢見が悪かったみたいです」

「夢見？」

「あっ、大丈夫です。あんまり内容は覚えていないので」

昨日は疲れ切ってしまっていて早く就寝したのだが、それでも目が覚めると頭が重く気分がどんよりと沈んだ。おそらくあまりよくない夢を見ていたのだろう。

心配させないように努めて明るく笑いかけると、頬に触れていたジークヴァルドの手が首筋に触れた。ひやりとした手に驚いて思わず肩を揺らす。

「お前はそろそろ竜に嫌気がさしてきたのではないか」

眉を顰めて目を眇めるジークヴァルドに、エステルはきょとんと目を瞬いた。

「どうしてですか？　昨日のことなら魅了の力にも驚いたでしょうし、そもそも人間をよく知らないんですから、ああなって当たり前です。大丈夫ですよ。わたし図太いみたいですから」

胸を張って言い切ると、軽く目を見張ったジークヴァルドがくすりと笑った。

（あ、笑った。……この顔、好きなのよね。――って、今はそういう話じゃないでしょ！）

豪快に笑うことはないが、柔らかく笑う顔が好きだと思う。眉間に皺を寄せた不機嫌そうな表情や、無表情を浮かべることが多いジークヴァルドが時々浮かべる愁いのない笑みは、少ないせいなのか余計に心に残る。

「ま、まあ……。ちょっと怖かったですけれども、ほんの少しだけです！　竜の方々を嫌いにはなりません。もちろんジークヴァルド様も嫌いにはなりませんから」

一人で勝手に焦り始めてしまい、早口で断言すると、ふいに首筋に添えられていたジークヴァルドの手に軽く引き寄せられた。そのまま顔を寄せられたかと思うと、驚く間もなく首元に頬が摺り寄せられてすぐに離れた。

「――それなら、嬉しいと思う」

間近にあるジークヴァルドの唇がそう動くのを、呆然と見ていたエステルは地団駄を踏みたくなるような心持になった。

（これは昨日ユリウスが肩に頭を乗せたから、マーキングしているだけよ。そんなに深い意味はないんだから、恥ずかしくならなくたっていいでしょ！　……ああああっ、もう、首を撫でないで！）

昨日は疲れたせいで大人しくジークヴァルドに寄り掛かったが、今日は駄目だ。正気になるととてつもなくいたたまれない。

「…………あのさ、そろそろ朝食にしない？　セバスティアン様が生肉をそのまま齧りだしそうなんだけれども」

「――っ。ご、ごめんなさい！」

背後から割り込んできたユリウスの居心地の悪そうな声に、飛び上がったエステルは真っ赤になったままジークヴァルドの手をやんわりと押しやった。

「別に謝らなくてもいいけど。喧嘩をしていたのに仲直りしたみたいなのは、ちょっと悔しいけれどもね」

「……仲直り？　……ああ、そういえば」

一瞬言われた意味がよくわからなかったが、そういえばジークヴァルドがエステル以外を番に選べなくなってしまったかもしれない、ということに怒っていたはずだ。昨日の出来事のせいですっかりと忘れていた。

（もしかして、さっきの竜に嫌気がさしたか、ってそれも含めて聞いていたの？）

そうだとしたら、なおさらもう怒れない。許してしまったようなものだ。それに納得はいかないが、今更蒸し返して怒るのも違う気がする。

ちらりとジークヴァルドを見ると、笑みは浮かべてはいないが、眉間の皺はない。おそらく機嫌がいい方になるだろう。

ユリウスが呆れたように嘆息した。

「忘れるくらいのことで喧嘩をしていたの？　ジークヴァルド様も真顔で睨まないでください――」

唐突に、ユリウスの言葉を遮るようにジークヴァルドがふわりと竜の姿へと戻った。そのままじっと上空を見上げる銀の竜を、エステルは不審そうに見上げた。

「どうかしましたか？」

『来る。下がっていろ』

ジークヴァルドがエステルたちを守るように前へと出た。

何が来たのかと尋ねたいのをこらえ、ユリウスと共に邪魔にならないように天幕の入り口まで下がると、いくらもたたないうちに上空に竜の影が現れた。

「――アレクシス様!!」

野営地の上を旋回するように飛ぶ竜が体を斜めに傾けた際、陽光が朱金の鱗を弾いた。華やかな朱金の鱗の竜が飛べていることにエステルは一瞬安堵してしまったが、すぐに首を横に振った。

（ユリウスが食べられるかも、とか言うし、喜んでいる場合じゃないわ。それにしても……何だかやけにふらついていない？）

ジークヴァルドが空を睨み据えながら、苦いものを噛み潰したかのように呟いた。

『あれは……弱っているのかもしれないな』

「もしかして、この前ジークヴァルド様と争った時に力を受けたからですか？」

『いや……、おそらくそれだけが原因ではない』

アレクシスは野営地の上をしばらく旋回していたが、やがて高度を下げ始めた。かと思うと、その体が急に傾いた。あっと声を上げた時には、野営地を取り囲んでいる森の中へと墜落していく。以前、着地に失敗したことがあったが、あの時よりも急に羽ばたく力が止まった気がする。

『エステル、乗れ』

ジークヴァルドに促されて、驚愕していたエステルは急いでその背中によじ登った。すぐさま飛び上がったジークヴァルドに続いて、ユリウスを乗せたセバスティアンもついてくる。

アレクシスの落下した場所までやってくると、ジークヴァルドはしばらく滞空してからゆっくりと降りて行った。全く衝撃を感じることなく地面に降り立ったジークヴァルドの背に乗ったまま、エステルは横たわったアレクシスを気遣うように見つめた。周囲の木々は所々の枝が折れていたが、怪我(けが)はしていないようだ。

『力が出ないか』

ジークヴァルドの呼びかけに、目を閉じて荒い息を漏らしていたアレクシスがふっと目を開ける。夕日色の竜眼にはどこか生気が感じられない。

『ああ、ジークヴァルドか……。そうだな、力が入らない。体の端から溶けていくようだ』

比喩(ひゆ)なのだろう。見た目にはどこも体が溶けているようには見えない。ただ、声には張りがなく、身を起こすこともしない。この様子だと、エステルを食べようと体を動かす気力もないだろう。

「あの、何か口にされれば、少し落ち着かれるんじゃないでしょうか?」

再び目を閉じてしまったアレクシスを尻目(しりめ)にジークヴァルドに提案してみると、彼はしばらくアレクシスを無言で眺めていたが、やがて上空で旋回するセバスティアンに目を向けた。

『セバスティアン、奥庭の者たちが持ってきた中から何か食べられそうなものを持ってきてくれ』

了承するようにユリウスを乗せたセバスティアンがすいっと野営地へ戻って行く。

その指示に、エステルは不思議に思って首を傾げた。

「取りに戻らなくても、携帯食なら持っていますよ」

『竜騎士関係で何かあった可能性があるのならば、逆に竜騎士の作ったものは食べない方がいい』

エステルがそういうことかと納得している間に、ジークヴァルドは何かを確認するかのようにゆっくりとアレクシスの周囲を歩いて回ったが、朱金の竜は寝てはいないのだろうが首をもたげることはなかった。それを見て、ジークヴァルドは再び後ろに下がる。

『――貴方は、本当に人間と正式に契約を切ったのか？』

ジークヴァルドが静かな声で横たわる朱金の竜に問いかける。

『……ああ、切った。切ったぞ。あいつがそう望んだ』

「それはいつだ？」

『いつ……。いつだ……？』

虚ろな声で答えるアレクシスは、そのまま考え込むように黙り込んでしまった。しばらく待っても答える様子はなく、この前のように襲い掛かってくることもない。自分でもその答えを知らないかのように視線は地面に落とされたままだ。

ジークヴァルドが深く息をはいた。それは冷気となって、辺りの温度を下げる。やりきれない、とでもいったような重い溜息（ためいき）に、ついこの前までアレクシスを邪見にしていた様子は見受けられない。

（さすがにこの状態のアレクシス様を追い払う気にもなれないわよね……）

エステルもまたジークヴァルドと同じような溜息をつく。その間に野営地に食べ物を取りに行っていたセバスティアンたちが戻ってきた。

そっと近づいたユリウスが食べ物を包んでいた布を解き、アレクシスの前に栗（くり）や梨、そして魚といった竜の大きな口には小さすぎるだろうそれらを置いて下がると、アレクシスは一拍置いてからようやく身を起こし、一つだけ栗を口に入れた。

『セバスティアン、お前俺の好物を覚えていたのか』

『覚えてるよ。だってそのまま食べればいいのに、わざわざイガから取り出すのを手伝わされたし。あれ、人の足と手じゃないとできないから、痛かったんだよ』

『お前が不器用すぎるんだ。――ああ、これはいい。お前の好物だろう』

豪快に笑う印象の強いアレクシスが喉の奥で静かに笑い、なぜかエステルを見ながら梨を鼻先で指し示した。

「え？　あの……わたしは」

梨が好きなどと言った覚えはないし、好物でもない。戸惑っていると、ジークヴァルドが小さく首を横に振った。セバスティアンなどは竜の顔だというのに、はっきりと目が真ん丸になっている。

『俺に遠慮するなよ。これだけでいい』

困惑するエステルや周囲をよそに、アレクシスは持ってきた栗を全て食べきった。

（もしかして、自分の竜騎士と間違えているの？　具合が悪くて、記憶が混乱しているのかしら……）

エステルが考え込んでいると、ジークヴァルドが翼を広げた。

『アレクシス殿、貴方は戻る場所があるはずだ。しばらく休んだら戻れ』

ジークヴァルドはそれだけ告げると、勢いよく羽ばたいて上空に舞い上がった。そうしてそのまま野営地に戻る。後から追ってきたセバスティアンが降り立つのを横目で見つつ、ジークヴァルドの背からゆっくりと降りたエステルは、アレクシスを残してきた森の方を気がかりそうに見やった。

『気になるのか？』

エステルと同じように森を見据えたジークヴァルドに尋ねられて、頷く。

「はい。何だかあまりにも気力がなくなってしまっているようで……。記憶もちょっとおかしいですし。追いかけられるのは嫌ですけれども、あれはあれで心配になります」

執拗に竜騎士に勧誘してくることさえしなければ、ジークヴァルドを気にかけたり、セバスティアンの飛行訓練に付き合ってやったりするような気のいい竜だ。それを思うとなおさらだ。

『――今日(きょう)はこの周辺を見回って、またこの野営地に戻ってくる。その時に様子を見に行けばいい』

これまでは同じ野営地に戻ってくることはなかったが、ジークヴァルドも気がかりなのだろう。だが、一匹で置いておくのも心配だ。

「どなたか竜の方に付き添っていただいた方がいいんじゃないんですか？」

『いや……、その必要はない。――むしろあまり騒ぎ立てない方がいい』

冷たく思えてしまうその言葉に一瞬眉を顰めたが、続けられた言葉に口を噤(つぐ)んだ。

ジークヴァルドがこう言うということは、静かにさせておくのがいいのだろう。竜のことは竜の感覚の方が正しい。人間の感覚で考えてはいけないのだ。

（一応、持って行ったものを食べる気はあるみたいだから……大丈夫よね）

そう自分に言い聞かせ、エステルは【奥庭】の竜たちが持ってきてくれた食材の前で、再び嬉しそうにうろうろとしているセバスティアンと、それを止めるユリウスの方へと足を向けた。

夕方、力の調整を終えたエステルたちがアレクシスの様子を見に行くと、そこには朱金の竜の姿はなく、食べた様子のない梨や魚、そして――食べたはずの栗が転がっていた。

＊＊＊

目の前に広がっている白銀色の木々の林に、歓喜の声を上げそうになったエステルは慌てて口元に手を当ててこらえた。

枝も葉も、そして地面まで、全てが白銀色をしている。すでに日が落ちかけているというのに、茜色に染まることもなく、まるでここだけ雪が積もり冬が訪れたかのようだ。時折吹く風に葉がこすれると、しゃらしゃらと妙なる音が耳に届く。

「ジークヴァルド様、ここも異変が起こっている場所なんですか？」

傍らに立つ人の姿のジークヴァルドを見上げ、エステルは感動を抑えるように声を潜めて問いかけた。

「いや、もしかすると異変が起こっているかもしれない、とは思っていたが、無事だったな。白銀の木の群生地を見たいと言っていただろう。異変も少し落ち着いてきたようだからな。たまには息抜きもいいだろう。――描いていいぞ」

「本当ですか!?　ありがとうございます」

頰を紅潮させてジークヴァルドに礼を言うと、ジークヴァルドは目を細めてエステルの頭を撫でた。

『ジーク、すっごい嬉しそう……。絵を前にしたエステルって、二割増しに可愛(かわい)いしね。僕、ジークがあんなに番に甘くなるなんて思わなかったなあ。今でも信じられない』

「エステルと同じくらい喜んでますよね、あれ。なんだかすごくむかつきます」

こそこそと呆れたように言い合うセバスティアンとユリウスの言葉も聞き流し、早速ポケットからスケッチブックを取り出そうとした時、どこからか突き刺さるような視線を感じ、エステルはぱっと振り返った。

しかしながら、背後の茨の茂みには誰も何もおらず、一切葉も揺れてはいない。

それでもじっと茨(いばら)の茂みを注視していると、その肩をジークヴァルドが軽く叩(たた)いた。

「またか？」

「はい。また見られているような感じがしました」

小さく嘆息をして、前を向く。

弱っていたアレクシスを見てから、三日。【庭】の調整を続けるエステルたちを誰かが付け回しているのか、時折視線を感じるようになった。そして感じ取るのはエステルが多い。ということはエステルを見ているのだろう。

セバスティアンが、エステルが気にしていた茨の茂みを眺めながら不可解そうに唸(うな)る。

『ジークが威圧して追い払っても、すぐに戻ってくるみたいだしね。本当に何なんだろうなぁ』

「もしアレクシス様でしたら、こんなこそこそせずに顔を出しますよね？」

同じように唸ったエステルは数日前のアレクシスを思い出して、眉を寄せた。

あの日、周辺を一回りして力の調整を終えてからアレクシスの元へ戻るとその姿はなく、食べ物だけが残されていたのを見て、心配ではなく不可解さが増した。

（栗……、食べたはずなのに。セバスティアン様は野営地にあった栗は全部持って行ったって言うし、後から【奥庭】の方々が来て置いて行ったのかしら……）

無理に理由をこじつけようとしているのはわかっていたが、そうとしか考えられないのだ。

「でも、アレクシス様が弱っているんだったら、正面から向き合うより隙を狙った方がエステルを連れて行きやすいよ」

ユリウスの言い分に、エステルは同意するように唇を引き結んだ。

「そうなのよね……」

アレクシスのあの状態を見た後では、どうしてもあまり悪く捉えられなくなってしまう。それでは駄目だということはわかっているのだが。

エステルはじっと茂みを探るように見つめているジークヴァルドを見やった。

ジークヴァルドはこの件については、何か思うところがあるのか口を閉ざしている。ただ、何事かを考えてはいるようだ。

エステルの視線を感じたのか、ジークヴァルドが振り返る。たちまち険しい表情が緩んだ。

「俺が見張っている。お前は好きに絵を描いていろ。早くしないと日が落ちて暗くなるぞ」

「あ、はい。さっさと描いちゃいますね。――でも、この木、何だか暗くなったら光りそうですね」

　何となく思ったことを口にしながらスケッチブックを開くと、ジークヴァルドとセバスティアンがほぼ同時に口を開いた。

「光るぞ」

「光るよー」

「えっ、それも描き――」

　ぱあっと顔を輝かせたエステルだったが、後ろからユリウスに背中を小突かれた。

「いくら何でも、そこまでは駄目だよ。――お二方もどうしてそういう余計な情報を出すんですか。エステルが描きたいって言うに決まっているじゃないですか」

　ユリウスがじとりとジークヴァルドたちを見据えると、彼らはそれぞれ気まずそうに明後日の方を向いた。

　その構図がおかしくて、エステルがさっと木炭を構えると、竜を人間が叱っている絵なんか残すな、とユリウスに怒られてしまった。

＊＊＊

その衝撃は深夜、エステルたちが寝入った頃に起こった。

白銀の木の林を後にし、いつものようにユリウスと共に野営地の簡易天幕で眠っていたエステルは、轟音と共に急に大きく揺れた地面に、はっとして飛び起きた。

「……っ何!? 雷？」

「多分そうだね。雨がすごい……。異変は落ち着いてきた、って言っていたはずなのに」

同様に飛び起きたユリウスも、顔をしかめて頭上を見上げた。

ざあざあと天幕に叩きつけるかのような強い雨音に、かなり激しい雨が降っているのだと気づいてエステルは傍に置いていた外套を羽織って外に顔を出した。

「ジークヴァルド様！　大丈夫ですか!?」

いつも一晩中焚いておく焚火の火が消えていて、野営地は真っ暗な闇に包み込まれている。自分の手元さえも見えないような暗闇の中、目を凝らして辺りを見回すとそこへぬっと大きな竜の頭が現れて、息を呑んだ。

『中へ入っていろ。すぐ近くで異変が起こったようだ。調整をしてくる』

鼻先でエステルの肩を押し戻してくるジークヴァルドの背後で、再び雷鳴が轟く。強い光が辺りを照らし、続く轟音が鼓膜をびりびりと震わせた。追い打ちをかけるかのように、雨が一層強くなり、風までも吹き始める。天幕の傍にいるはずのセバスティアンが、『ひいっ……っ』と叫ぶのが聞こえた。

「あ……」

ごくりと喉を鳴らし、胸元を強く握りしめる。雷と雨と風に、先も見えない暗闇。ぱっと脳裏に浮かんだのは、幼い日の嵐(あらし)の夜。

（いつまでも怖がっていてどうするのよ。わたしは竜騎士になったんでしょ！）

エステルは震えてきそうな指先を抑え込み、軽く頭を振ると天幕から少し離れた場所から飛び立とうとするジークヴァルドに必死で呼びかけた。

「――あの！」

一緒に連れて行ってください、と続けようとしてためらう。

（この雨だと、竜騎士がいた方が飛ぶのが楽だと思うけれども……）

逆に足手まといになってしまうだろうか。

エステルの声に、ジークヴァルドは一瞬迷うそぶりを見せたが、すぐに羽ばたくのをやめるとこちらを振り返った。

エステルが乗るのを待つかのように体を傾けてくれるのが、雷光によって照らし出される。

それを見たエステルは気合いを入れるように、背筋を伸ばした。

「ユリウス、ちょっと行ってくるわね！」

「えっ、行くの⁉」

ジークヴァルドが了解するとは思わなかったのだろう。驚いた弟を置いて、意を決して天幕を飛び出したエステルは、ジークヴァルド目指して走り出した。

あと数歩、という所まで来た時だった。再び閃光が走り、響き渡った雷鳴が本当に地を割ったのではないかと思うほど揺れる。――と、足元ががくんと崩れた。そのまま、まるで雪崩に巻き込まれたように体が滑り落ちて行く。

「えっ……⁉」

何が起こったのかよくわからず、必死に腕を伸ばすと、幸いなことに誰かが服の袖をしっかりと掴んでくれた。

半ば引きずられるように上まで引き上げられて、大きく息をはく。

『やはりお前はユリウスたちと共にいろ』

すぐ近くでジークヴァルドの声が聞こえ、彼が引っ張り上げてくれたのだとわかって、悄然とする。

「……すみません、大人しく待っています」

役に立たないばかりか、足手まといになってしまったことが申し訳なくて、エステルはすごすごと天幕に向けて歩き出した。

明かりをつけたのか、天幕がぼんやりと闇に浮かび上がっている。入り口でユリウスが体を拭く布を持って待ってくれているのを見て苦笑いをした時、再度雷が鳴り響いた。

強い光に一瞬だけ視界が奪われる。思わず立ち止まったエステルは、次いで体を持っていかれるような衝撃に、息を呑んだ。

先ほどのように足元が崩れたのではない。襟首の辺りを掴まれ、確かに体が浮かんでいる。咄嗟に足元に目をやると、天幕の明かりが見えた。雨音に混じって羽音が耳に届き、おそらく竜の誰かに連れ去られようとしているのがわかった。

(――ちょっと待って、ちょっと待って！)

恐ろしさと焦りに、じたばたと暴れてしまうと、ゆるゆると高度が下がっていく。その後を追うようにおそらくジークヴァルドの怒りに満ちた咆哮が聞こえた。

それでも竜はエステルを放さず、森の中に着陸するとエステルの襟首をくわえたまま疾走した。だが、竜の大きな体ではこんな森の中を走ることなどできるわけがない。

(これは、アレクシス様じゃない。わたしは何に捕まったの!?)

がくがくと容赦なく揺さぶられ、気分が悪くなってきた。舌を噛まないようにするのが精いっぱいで、声を上げることさえもできない。

上空ではジークヴァルドが追いかけてきているのか、時々咆哮が聞こえるが、込み入った森に突っ込むことができないのかついてきているだけだ。

このままでは死ぬかもしれない。そんな恐ろしさが足元から立ち昇ってくる。これだけきつく襟首を噛まれているのだから、そろそろ破れてくれてもいいものを、と見当違いな怒りがこみ上げてきて、死の恐怖を追いやろうとしているのがわかった。

(まだ、ジークヴァルド様へ番の返事もしていないのに)

後悔に、じくりと胸が痛みを訴えた、次の瞬間。何の前触れもなくエステルを捕らえていた何かがぴたりと止まった。

ふっふっふっ、と短く荒い呼吸が首元にかかる。

(何……？　あれは――)

急に立ち止まられて、ぼんやりとしてしまったエステルは前方がうっすらと明るいことに気づいて目を見開いた。

「――アレクシス様！」

朱金の鱗がなぜか淡い燐光を帯びているアレクシスが、行く手を阻むかのように待ち構えていた。

(これって……アレクシス様の指示!?)

ジークヴァルドに配下がいるのだから、いくら【庭】から出て大分経つとはいえ元次期長だった竜だ。指示を聞く者くらいはいるだろう。

食われる、と絶望感が頭を占めたが、しかしながらアレクシスはすっと低い体勢を取ると、威嚇の唸り声を上げた。

『エステルを放せ。その娘はジークヴァルドの、長の番だ！』

空気の圧力のようなものが、こちら目掛けて飛んできたのがわかった。びりびりと周囲の木々が震え、葉がばらばらと落ちてくる。エステルもまた捕らえている何かと共に弾き飛ばされ、そこでようやく襟首から拘束が外れた。

地面に叩きつけられるというほどでもなかったが、痛みを訴える体を叱咤し、慌てて起き上がってみると、アレクシスの燐光の頼りない明かりに照らされて横たわっていたのは、子竜よりも少し大きいくらいの小柄な竜だった。このくらいの大きさなら、森の中を駆けることはまだできるだろう。木にぶつかって意識を飛ばしたのか、微動だにしない。

（白い鱗……ううん、これって薄紫？　……――ベッティル様!?）

叫びかけた口元を、咄嗟に押さえる。

これはエステルがあげた干し杏を喜んでいた【奥庭】の竜だ。どうしてベッティルがエステルを連れ去ろうとしているのだろう。

『――早く、逃げるんだ』

アレクシスに促され、忍び足でゆっくりとそちらへと向かおうとすると、燐光に包まれた朱金の竜の姿がゆらりとぶれた。

『早く、逃げろ……。食われるぞ』

驚きに足を止めてしまうと、アレクシスの姿はまるで風と雨に吹き流されるように、瞬く間に消えてしまった。途端に辺りが闇に包まれる。

（やっぱり、消えた……！）

呆然とアレクシスがいた辺りを見据えていたエステルは、背後で動く気配にはっとして慌てて走り出そうとしたが、真っ暗な森は数歩進んだだけで木にぶつかりそうになる。

（どうしよう、見えない。このままじゃ、追い付かれる）

せっかくアレクシスが時間を作ってくれても、夜目も鼻も利く竜相手に逃げ切れるかというと、正直厳しい。先ほどとさほど変わらない絶望的な状況に、足が震えてくる。

せめてこの雨で匂（にお）いがわからなければいいと、近くの木にできるだけ張り付くようにして隠れる。

『――どこ、ジークヴァルド様の番。ベッティル力欲しい。アナタ、力持ってる。少しでいいから、齧らせて。ずっとずっと待ってた』

エステルの思惑が当たったのか、ベッティルは懇願するような声を出して探しているようだった。もしかしたら弱い竜は身体能力も劣るのかもしれない。

（齧っても美味（おい）しくないですから！）

先が見えない緊張感に、早く遠くに行ってほしいと息を殺して待っていると、ふいにジークヴァルドの一際大きな咆哮が聞こえてきた。

次の瞬間、あれだけ降っていた雷雨がぴたりと止(や)んだ。ジークヴァルドの一声に雨雲が吹き散らされたかのように、すうっと雲が晴れ、月が姿を現す。

木々の間隙(かんげき)から差し込んでくる月光に照らされ、少し離れた場所できょろきょろと辺りを見回しているベッティルの姿が見えた。ということは、あちらからもエステルが丸見えだろう。

幸い、まだ気づかれていない。そうっと木の裏へと移動しようとしたその時、ぐん、とベッティルの視線がこちらを向いた。

『あ、いた』

竜の顔だというのに、にっこりと微笑(ほほえ)んだ気がした。笑みだというのに、背筋が凍りつく。

嬉しそうに尾を振り、駆け寄ってくるベッティルの姿に、エステルは足に根が生えてしまったかのように立ち尽くしたまま、動けなくなってしまい、焦ったように自分を叱咤した。

(逃げなくちゃ、逃げなくちゃ……。食べられる!)

人間三人分、といった距離までベッティルが接近した時、竜の低い咆哮と共に上空から凍えるような風が吹き下ろしてきた。

「――……っ!!」

吹き飛ばされそうな氷交じりの風に、背後にあった木に必死でしがみつく。

『ジーク、駄目だよ！　それ以上やったらエステルが凍る！』

セバスティアンの静止する声が聞こえた後、若干風の勢いが収まる。強風に閉じてしまっていた目をそっと開けてみると、目の前の木々が円形状に倒れて凍り付いていた。

(ベッティル様は!?)

吹き飛ばされてしまったのか、辺りを見回してみてもベッティルの姿は見えない。ほっとしていいのか、警戒を解かない方がいいのかよくわからないでいるうちに、空から銀の竜が矢のような速さで降りて来た。

「エステル!」

地に着地するなり、銀の髪の青年へと姿を変えたジークヴァルドが、木にしがみついたままのエステルの元へと凍り付いた木々を踏み割るようにして駆け寄ってきた。

(ああ……、わたし、生きてる……)

蒼白(そうはく)になって近づいてくるジークヴァルドの姿を確認した途端、エステルはその場に安堵のあまり力尽きたかのように座り込んでしまった。

＊＊＊

「ずっとついてきていたのは、ベッティル様だったんですね」

手や足に負った傷を自分で手当てしようとすると、怒ったような表情をしたユリウスに止められたため、ありがたく弟に手当てをしてもらいながら、エステルは落胆して溜息をついた。

駆けつけてきたジークヴァルドに連れられて野営地に戻ると、雲が晴れ月に照らされたその場所は見事に陥没していた。エステルが滑り落ちそうになったのはあれだったのだとわかるとぞっとしたが、ベッティルに食われそうになったことの方がより鮮明で、背筋が凍る。

ジークヴァルドが力の調整をしたので、これ以上は崩れないだろうと、少し離れた場所に再び火を熾して手当てを受けながらも人心地つくと、じわじわと恐怖がこみ上げてきた。

「ああ、お前を連れ去る機会を窺っていたようだが……。まさか食うつもりだったとはな」

焚火を挟んだ向かい側に腰を下ろした人の姿のジークヴァルドが、ただでさえきつく寄せていた眉間の皺をなおのこと深めた。

エステルの斜め前に陣取り、いつも通り何やら食べながら、セバスティアンが唸る。

「うーん……。食べ物をくれたし、優しくしてくれたから、腕の一本や二本くれるだろう、とか思っちゃったのかもなぁ……。ジークの番だし」

「一本や二本て……。そんな、また生えてくるみたいな言い方をしないでください。――でも、ジークヴァルド様の番だと、何かあるんですか？　力が欲しい、力を持ってる、とか言っていましたけれども」

ユリウスが腕の傷に軟膏を塗り込んでくれるのに顔をしかめて痛みに耐えながら質問すると、

ジークヴァルドが嘆息した。

「人を食えば力が操りやすくなるのなら、長の番を食らえばもしかしたら力が増すのではないか、とでも思ったのだろう。魅了の力があることも拍車をかけたのかもしれないな」

「そんなことがあるんですか⁉」

「あるわけがない。力の強弱は生まれながらのものだ。成長途中や病を得ている場合は別だが、外的要因で増えたり減ったりするわけがない。ただ、時々おかしな思考の者はいる」

鬱陶（うっとう）しいとでもいいたげに、ジークヴァルドはベッティルと争った森の方にちらりと視線を走らせた。

「俺の力を恐れて、二度と襲い掛かってこないといいが」

ジークヴァルドによると、ベッティルは氷の風に吹き飛ばされただけだそうだ。ジークヴァルドが舞い降りた際に、泡を食って逃げ出す気配がしたらしい。

（せっかく仲良くなってくれそうだったのに……）

ベッティルの方はエステルのことを食べれば力が増す人間、と思っていたことに消沈していると、手当てをしてくれていたユリウスが巻き終えた包帯の上から軽く叩いてきた。

「――はい、終わったよ」

「ありがとう。……すごいわね」

少し大げさなくらい巻かれている包帯に苦笑してしまったが、腕や足にある無数の切り傷や痣を見てしまうと、仕方がないだろう。自分でも気持ちが悪いと思ってしまうほどなのだから。

「竜騎士になっていて本当によかったよ。治りは早いから明日になれば痛みは大分引くと思うけれども、傷はふさがらないからね。痛くないからって無茶をしたら駄目だよ」

新米竜騎士のエステルに教授してくれる先輩竜騎士ユリウスに大人しく頷いていると、ふいにジークヴァルドが立ち上がった。

「終えたか?」

「はい、終わりました。何か用事でも——。……っ、何をしているんですか!?」

近寄ってきたジークヴァルドに軽々と抱き上げられたかと思うと、そのまま胡坐をかいて座ったジークヴァルドの膝の上に載せられ、腹の前に腕を回されてがっちりと拘束されてしまった。

「薬臭いな」

「あ、当たり前です。嫌だったら下ろしてください」

「嫌ではない。断る」

「……断る、じゃなくて、ユリウスたちに見られていて恥ずかしいので、離してください」

弟のすぐ傍でこんな風に接してこられるのはさすがに嫌だ。真っ赤な顔で引きはがそうとジークヴァルドの腕に手をかけると、セバスティアンが困ったように苦笑いをした。

「えーと……エステル、それ無理だよ。だって、番が死ぬところだったんだもん。絶対に離してもらえるわけがないよ。手当てさせるのだって我慢していたと思うから、諦めて抱っこさせてあげて」

「抱っこ……」

セバスティアンの言いたいことはわかる。わかるが、こう密着されているとどぎまぎしてしまって、話どころではないのだが。

できるだけ寄りかからないでおこうと思っても、怪我が痛まない程度にやんわりと引き戻されてしまい、根負けした。

（これは椅子、ちょっと座り心地はあれだけれども、椅子なのよ……。そういえばジークヴァルド様って、わたしを膝に載せるのが好きよね）

呪文のように大分失礼なことを言い聞かせながらも、仏頂面のユリウスが渡してくれた湯気のたったカップに口をつける。茶葉の香りが体に染みわたっていくようだった。

「そ、そういえば、アレクシス様のことですけれども……」

ジークヴァルドの膝に座っている、という事実を忘れようと別の話題を口にすると、ジークヴァルドが小さく嘆息した。

「アレクシス殿か……」

「ベッティル様から一度助けてくれたんですけれども、また消えてしまったんですよね……。あの方、本当に何なんでしょうか」

しかも今回は光っていた。ジークヴァルドの棲み処にある長命の実ではあるまいし、竜が光るなどということがあるのだろうか。

「――数日前、俺の配下の者が【奥庭】の異変の知らせの他に、もう一つ伝言を持ってきただろう。それの内容なのだが……」

わずかな間を置き、ふいにジークヴァルドがそう切り出す。【奥庭】の調整を終えたら話すと言っていたことを、ようやく話す気になったらしい。今話すとなると、やはりアレクシスに関係することなのだろう。

あまりよくないことなのか、ジークヴァルドの眉間の皺が深くなり、エステルは身構えてしまった。

「アレクシス殿が――亡くなっていたそうだ」

「……え？」

思わぬことを耳にして、エステルはぱちくりと目を瞬いた。セバスティアンが、目を見開いて食べていた手を止める。

「嘘だぁ……。だって、アレクさんちゃんと喋って動いていたよ？　力も使っていたし」

ジークヴァルドが小さく嘆息して、静かに先を続ける。

「アレクシス殿の気配がおかしいことがあっただろう。あの後、出向いていた竜騎士の国に何かなかったか念のために問い合わせさせたが……。アレクシス殿は洪水による崩落に巻き込まれて怪我を負い、それがもとで亡くなったそうだ。アレクシス殿自身が亡くなる前に、亡くなったことを【庭】に知らせず、あの国に埋葬してほしいと言った、と返答がきた」

「埋葬？　え、そんなこと言うわけがないよ。だってそれじゃ、力をどうやって返すの？」

セバスティアンが不思議そうに首を傾げる。

「ああ、そうだ。自然に朽ちたのなら仕方がないが、アレクシス殿が、竜が、意思を持って【庭】の外に埋葬してほしいなどと、言うはずがない。あの国は、おそらく事実を明かしていない」

ジークヴァルドの声が、不信感からかそれとも怒りからなのか、ぐっと低くなる。

「アレクシス殿の後にあの国に出向いた竜も、気づかなかったようだからな。亡くなったことだけは事実だろう。確認のために、アレクシス殿の番が名乗り出て飛んで行ったそうだ。もう少し経てば詳細がわかるだろうが……」

「それじゃ、今までわたしたちが接していたアレクシス様は……」

まさか、という思いが頭を占めつつも、エステルは恐る恐る口を開いた。

「おそらく力の残骸や思念のようなものだな。人の言葉で言うと――亡霊、だったのかもしれない」

厳かに告げられたジークヴァルドの言葉に、しん、と静まり返った。

夜明けが近いのか、ぐっと闇が濃くなった空に、今にもアレクシスの朱金の鱗が見える気がして、エステルはきつく自分の胸元を握りしめた。

亡霊、などと非現実的な言葉を聞いてもすんなりと受け入れてしまうのは、おそらく自然に干渉する力を持つ竜に関することならば人智を超えていても何ら不思議なことではない、というのが前提にあるせいなのだろう。ふと自分の腕を見下ろして、思い出す。

「わたしが腕を掴まれても痕がつかなかったのは……、そういうことだったんですね」

それだったら、翼がうまく動かないのに舞い上がったり、突然消えてしまったり、体が燐光を帯びていたことも頷ける。

「ああ。記憶が混乱していて、感情の起伏が激しく、力をうまく操れない。肉体から解放された力のみの存在だからな。気配を感じ取れなかったのもそのせいだ」

淡々と言葉を連ねるジークヴァルドはどこか物悲しい。ぎゅっと胸を掴まれたような痛みを覚えたエステルは、ジークヴァルドを宥めるように腕を撫でた。

「そっかぁ……。アレクさん、栗、食べられなかったのかぁ……」

ぽつりと涙声で呟いたセバスティアンが鼻をぐすりと鳴らす。その肩を、傍に座り込んだユリウスが慰めるように何度か叩く。ふっとエステルの脳裏に、食べられた気配のない栗が地面に転がっていた様子が浮かんだ。

「長が殺されてすぐにしては、力の均衡がやけにあちこちで狂っているとは思っていたが……。アレクシス殿が無理に戻ってきたせいで、拍車をかけたのだろうな」

ジークヴァルドが宥めるように腕を撫でていたエステルの手を取り、握りしめながら深く息をはく。顔を見上げてみると、表情こそ浮かんでいないものの、軽く伏せられた竜眼には哀惜の念が浮かんでいた。

「アレクシス様は……亡霊になってまで【庭】に帰って来たかったんですね」

エステルは初めて顔を合わせた時の言葉を思い出し、悲しみをこらえるように唇を噛みしめた。

――俺の竜騎士になって、国に帰った方がいい。故郷や家族、友人が恋しいだろう。

（あれは……記憶が混乱していても自分のことを言っていたのかしら。だからわたしをしつこく竜騎士に勧誘してきたの？）

次にアレクシスが現れた時に、どう接したらいいのだろうか。おそらくアレクシスのあの様子では自分が亡くなったとは思っていない。

「番が迎えに行ったからな。今度こそはゆっくりと眠れるだろう。消息不明だと聞いた時にもっとよく調べさせておけば、長が亡くなるまで待たせることはなかったのだがな」

かすかに後悔の滲むジークヴァルドの声に、エステルは握り込まれたままの手を握り返した。

「アレクさんも【庭】に全然帰ってこなかったからなぁ……。アレクさんの番も『もう勝手にすればいいわ』とか怒っていたし、わからなかったのは仕方がないよ」

セバスティアンがぐずぐすと鼻をすすりながらも擁護するのを聞きながら、どうやって連れ帰ってくるのだろう、という疑問が浮かんだが、かなりの年月が経っていればすでに身は朽ちて、骨だけになっているに違いないことに気づいた。行き場のない想いだけが残っていたのかと思うと、切なくてやりきれない。

「あの……アレクシス様の番の方は絵はお好きでしょうか？　もし迷惑でなければ、アレクシス様の絵を贈らせてもらいたいんですけれども……」

慰めにならないだろうか、と思うのはおこがましいかもしれない。だが、あの華やかな朱金の鱗が美しい竜の姿を、番ならもう一度見たいのではないだろうか。

泣きべそをかいていたセバスティアンが、ぱっと顔を明るくした。

「綺麗なものは大好きだよ。きっとエステルの絵も気に入るんじゃないかなぁ。帰ってきたら、聞いてみればいいよ」

「はい、そうしますね」

喜んでくれるといい、と願いながら、エステルは胸の痛みをこらえて笑みを浮かべた。

＊＊＊

エステルは緊張に身を強張らせて、簡易天幕の中で横になっていた。

背中側には、いつものユリウスの背中ではなく、白いサーコートに包まれたジークヴァルドの広い背中がある。

夜が明けるまではまだ時間があるからと、少しでも体を休めることになったのだが、そこでユリウスがとんでもないことを言い出したのだ。

「エステルはジークヴァルド様と天幕を使いなよ。俺は外でいいから」

「……は？」

「だって、その様子じゃジークヴァルド様が離すのを渋りそうだし。それにエステルのさっきの言葉……絶対に寝ないでアレクシス様の絵を描き出すよね？　俺が何を言っても聞かなそうだけど、主竜様の言葉ならちゃんと聞くよね。姉さんは竜騎士だしね。傍にいればなおさらだよね。ジークヴァルド様もしっかりと見張っていてください」

まくしたてられるようににっこりと迫られてしまい、エステルは目線を逸らしながら顔を引きつらせて頷くしかなかったのだ。

忘れないうちに下書きだけでも描いておきたい、と考えていたエステルの行動を見抜いている弟が恨めしい。

（だからって、一緒に寝ろ、とか言い出すのはどうなのよ。番は反対しているのに。いや、それはジークヴァルド様がおかしなことをするわけがない、とは思うけれども。それが嫌だとかそうじゃなくて……って、何を考えているのよ。ああもう……)

髪をかきむしりたくなる衝動にかられ、横になったまま手を押さえるように胸元を握りしめていると、ふいに背後の気配が動いた。

「眠れないか?」

「ええと、はい、ちょっと……」

「こちらを向け」

ジークヴァルドがいるから緊張して眠れない、とは言えず言葉を濁すと、なぜかジークヴァルドがそう言ってきたので、首を傾げつつ体をそちらに向ける。

陰になってよく見えないが、月明かりなのか外の焚火の明かりなのか、わずかにジークヴァルドの銀の髪が光を弾いていて綺麗だ、とぼうっと見ていると、横になったまま頭と背中を抱え込むようにジークヴァルドの胸に引き寄せられた。

「大丈夫だ。もう恐ろしいことは何もない。そう怖がるな。俺がここにいる」

突然の行動に内心慌てふためいていたエステルは、静かに言葉を紡ぐジークヴァルドにはっとした。

(わたしが……ベッティル様に食べられそうになったことを思い出して、眠れないと思ったの?)

思考がそちらにいかなかったことが、いたたまれないのと申し訳ないのとで、緊張が少し和らぐ。

「うかつに外へ出てしまって、すみません。すごく心配しましたよね」

「謝るな。あれは俺も一度は連れて行こうとしたからな。……だが、危うくベッティルを殺すところだった」

「……駄目ですからね。同族殺しは重罪なんですよね」

「………わかっている」

不満げな、それでいて苦虫を噛み潰したようなジークヴァルドの声と共に、押し付けられた彼の胸からどきどきと規則正しい鼓動が聞こえてくる。エステルは自分のものよりも若干遅いそれに、生きているのだと安堵の溜息をついた。

あの時セバスティアンが止めなければ、少し危うかったかもしれない。エステル自身も巻き込まれかねなかったのだ。それだけ我を忘れていたのだろう。

(人間、って竜と違いすぎるわ……。何だか悔しい)

改めてそう思う。竜が少し力を入れれば、簡単に死んでしまう。その人間が番なのだ。ジークヴァルドも気が気でないに違いない。それが怖いというより、悔しくて仕方がない。

ぎゅうっとジークヴァルドの胸元を握りしめると、ジークヴァルドが宥めるように頭を軽く叩いた。そうしたかと思うと、なぜかくすりと笑う。

「……？　どうしたんですか？」

「いや……。昼間のセバスティアンの言葉を思い出した。俺自身でもこうして宥めてやりたいと思うほど、番に甘くなるとは思わなかったな」

下ろされたエステルの髪を撫でていたジークヴァルドが頬に触れた。そのまま首筋に触れてきた指先は少し体温が低いせいか、一瞬だけひやりとする。どこか色香の漂う仕草で首を撫ぜられて、熱のこもった視線に心臓が跳ねた。

「誰かに守られたことのない俺が、誰かをこれほど強く守りたいと思えるとはな。こんな感情は初めてだ」

「守られたことがない？　え、あの……先代の長は……」

不思議な言葉を聞いた気がして、エステルは戸惑ったようにジークヴァルドを見上げた。

力が強すぎて親でさえも近づけなかった幼竜のジークヴァルドに近づけたのは、亡くなった先代の長だけだと聞いた。母親代わりだと思っていたが、もしかしたらそうではないのだろうか。

「先代の長は力が安定するまでは棲み処に時々様子を見に来るだけだったからな。その後は長の側仕え(そばづか)の見習いのようなことをしていた。庇護(ひご)されてはいたのだろうが、普通の親と子のようなふれあいは見たことはあっても、したことはない。当然周囲も俺をそう扱う。だからお前といると、初めての感情ばかりだ」

羨(うらや)むわけでもなく、淡々と事実を述べてくるジークヴァルドは気にもしていないのだろうが、気にしていないということが、竜にとっては憐れむことではないと聞いていても、余計に胸に突き刺さる。こう思ってしまうのは失礼なことなのかもしれないが。

「ジークヴァルド様は……【庭】の竜の方々をもう守っていると思いますよ」

「【庭】の竜たちを守らなければならない、というのは長の役目だからな。強い者が弱い者を守るのは当たり前のことだ。情の話ではない」

エステルはジークヴァルドに貰った耳飾りに手をやり、申し訳なさそうに眉を下げた。

「でも、わたしはすぐに怪我をしたり、死んでしまう人間です。竜が操るような力もなくて寿命だって違います。弱い者だからジークヴァルド様も守りたい、って思うんじゃないですか？」

「身体的には弱いが、心は強いだろう。本能的に竜に畏怖を覚えても、違うと思えば竜に怒りをぶつけられるほどだ。物怖じせずに、番も断る」

ジークヴァルドがどこか楽しそうに、耳飾りに触れたエステルの手に上から手を重ねてきた。それに気まずげに苦笑いする。

「それは心が強いというより、無謀なだけです……。強かったら高所恐怖症にはなりませんよ」

「だが、それでもお前は俺の竜騎士になっただろう。それのどこが弱い？　そういう時々無謀なことをするところも、案じはするが面倒だとは思わない。むしろ面倒なのが楽しいと思う。俺のために怒ってくれるようなお前を守りたいと思うのは当然だろう」

エステルが逃げないのを見て取ったのか、ジークヴァルドがこつりと額を合わせてきた。間近にある藍色の竜眼がとても綺麗で、羞恥を覚えるよりも見惚れてしまう。

「わたし……絵が好きなんです」

じっとジークヴァルドの双眸を見据え、美しい藍色の瞳の虹彩の隅々まで描いてみたいと思いながらそう告げる。

「どこへでもスケッチブックを持って行って、辺りかまわず描きたくなりますし、描いている場合じゃない状況なら、絵のために観察したくなります。自分でもちょっとおかしいくらい絵が好きなんです」

「ああ、知っている」

「寝食を忘れるくらい描いていたこともあります。その時には、さすがに家族に画材を全て取り上げられて隠されました」

額を離したジークヴァルドが軽く目を見開き、すぐに渋い顔をした。

「それは、そうなるだろう。楽しそうに描いている姿を見ているのは好きだが、俺でも寝ろ、と言うな。……それがどうした？」

問いかけてくるジークヴァルドに、エステルは穏やかに微笑みかけた。

「家族以外で、わたしが絵を描いている姿が好きだって言ってくれたのは、ジークヴァルド様が初めてなんです」

絵を褒められるのは当然嬉しいが、絵の良し悪しではなく、描いている姿そのものを好きだと言ってくれるのは、自分を全て肯定してくれたようで嬉しい。

「ジークヴァルド様が初めての感情ばかりだっていうなら、わたしも初めての感情を貰っています。もっとジークヴァルド様と一緒に色々な感情を知っていきたいです」

以前にアレクシスに愛しているだろう、と言われたが、やはりそうなのかどうかわからない。ただ、先ほど種族が違いすぎて悔しい、と思ったがそれならそれで色々な感情を一緒に知っていくのは楽しくて、幸せなことかもしれない。

「――ああ、俺もお前と共になら、それを知りたいと思う」

背中に回されたジークヴァルドの腕にわずかに力がこもる。

先代の長がジークヴァルドは誰かが傍に寄るのは鬱陶しいらしい、と言っていた。だが、それはもしかしたら、誰かと何かを分かち合うことを知らないだけなのかもしれない。その相手にエステルを選んでくれるのは、たとえ番の香りのせいだとしても、どうしようもなく心が騒いで、締め付けられるように嬉しい。

(ジークヴァルド様を置いて国に帰りたくない。番になれば、ずっと傍にいられるのよね)

だが、それはリンダールに一生帰れないと覚悟するということだ。

アレクシスの言うように、家族や友人、故郷が恋しくなるだろうか。

(わからないけれども……。後悔だけはしたくない)

死んでしまったら、何もかも終わりなのだから。ベッティルに連れ去られた時にしたような後悔をしないために。

エステルはジークヴァルドを見上げると、どうしようかと悩んだ末、思い切っていつもジークヴァルドがするようにその首にそっと手を触れてみた。開いてしまっていた傷はふさがってはいるものの、やはりそれ以上治っているようには見えないのが痛々しい。

少し驚いたようなジークヴァルドが、唇の端を持ち上げて笑い、包み込むようにエステルの手の上に自分の手を重ねてきた。

「くすぐったいですか？」

「くすぐったいというよりも、心地がいい。お前の手は温かくて好きだ」

「竜の方々の手はそんなに温かくないですからね」

照れくささを隠すように苦笑すると、ジークヴァルドは不思議そうに目をぱちりと瞬いた。

「そうだったか？　あまり触れたことがないから、わからないが」

「あ……。ええと、後でセバスティアン様とでも握手をしてみればいいと思います」

「……本気で言っているのか？」

「……泣いて嫌がりそうですね」

エステルは苦笑するとジークヴァルドの首に触れていた手を返して、彼の手の平に自分の手の平を合わせた。するとやんわりと握り込まれる。少し温度は低いが冷たくはない温もりにどきどきと鼓動は速くなるものの、ほっとした。

（……ジークヴァルド様が守りたい、って言ってくれたみたいに、わたしもジークヴァルド様を守れればいいのに）

ただ安穏と守られているだけでは、少し気が引けてしまう。ジークヴァルドはエステルが以前子竜をかばった時と同じように、人間が竜を守れるわけがないだろう、と言うかもしれないが。

握られたままのジークヴァルドの手を握り返すと、指と指を絡めるように握り直された。そのまま引き寄せられて、包み込まれるように抱きしめられる。ジークヴァルドの香りはどこかひやりと冷たい冬の夜のような、澄んだ空気の印象が強い。

「……アレクシス様たちは、もうこんな風に寄り添うことはできないんですね」

それに気づくと、ジークヴァルドにこうされているのはとても贅沢なことなのだと思えてくる。

エステルは番の香りだというミュゲの香りが、自分には感じ取れないことが残念だと初めて思いながら、そろそろとジークヴァルドの背中に手を回した。

＊＊＊

「――めて。やめて、落とさないで……、離さないで」

うつらうつらと微睡んでいたジークヴァルドは、エステルがうなされる声を聞いてはっとして目を開けた。そろそろ太陽が姿を現すのか、天幕の中であっても薄明るい。

抱え込まれたままだと緊張してしまって眠れないから、と言われ、折衷案で手をつないで眠っていたが、その手が酷く汗ばんでいた。

「エステル、起きろ。それは夢だ」

きつく眉間に皺を寄せたエステルの手を強く握り、強張っている肩を軽く揺さぶると、ようやくぼんやりと目を開けた。

「……あれ、ジークヴァルドさま……」

寝起きのせいか舌足らずに呼ばれる。汗が滲んだ額を撫でてやると安心したのか、表情を緩めた。

「大丈夫か？　うなされていたぞ」

「大丈夫です。……ちょっと夢見が悪かっただけですから。昨日は驚くことばかりでしたし」

どんな夢を見たのか詳しく語ることなく苦笑いをして起き上がったエステルは、すぐさま使っていた毛布をてきぱきと畳みだした。

「少し身なりを整えたいので、すみません、先に外に出ていてもらえますか？」

「怪我はもう痛まないのか？」

「大丈夫です。大丈夫ですから、外で待っていてください」

妙に焦ったように促され、ジークヴァルドは少しばかり躊躇ったがそれでも背中を押されてしまい、仕方なく外へと出た。

エステルの番の香りと薬の匂いが漂っていた天幕内とは違い、朝の清々しい空気が身を包んだが、すっきりとしない気分で天幕をちらりと振り返る。しかしすぐに焚火の傍で寝そべっているセバスティアンの方へと足を向けた。

若葉色の竜の姿のセバスティアンの腹を枕にして眠っていたはずのユリウスが、ジークヴァルドの足音に気づいたのか、それともすでに起きていたのか、ジークヴァルドが焚火の傍に腰を下ろすと目を開けて身を起こした。

「おはようございます。エステルの傍で眠れたのに、怖い顔をしていますね。何かありましたか？」

察しているような口ぶりに、ジークヴァルドは苛立ったように眉間に皺を寄せた。

「――エステルがうなされていた。ああいうことはよくあるのか？」

「ええ。緊張していたり、前日に何かあったりすると、時々うなされているみたいです。前はどんな夢を見たのか話してくれましたけれども、最近は誤魔化すようになりました」

困ったように笑うユリウスを眺めながら、先ほどの焦ったようなエステルの様子を思い出す。あまり深く詮索されたくなかったのかもしれない。心配されるのが嫌なのか、思い出したくないからなのか、どちらなのかわからないが。

「落とさないで、離さないで、と口にしていたが、あれは……」

「今朝は随分はっきりと言いましたね。俺が見たかぎりだと、ほとんどがいきなり飛び起きるくらいでしたけれども……。昨日のことがよっぽど響いたかな」

「昨日、攫われたせいか？　――ああ、もしかすると、幼い頃の誘拐の件を思い出してうなされていたのか」

「――多分、そうです」

ユリウスは顔をしかめて、頷いた。そうしてちらりと天幕の方を見やると、場所を変えましょう、と立ち上がって水汲み用の桶を手に取った。

「セバスティアン様、ちょっと離れますから、エステルの傍にいてくれますか」

ユリウスが主竜の首を軽く叩くと、若葉色の竜はやはり寝てはいなかったのか『いいよー』とむくりと起き上がって、天幕の出入り口を塞ぐように陣取った。

野営地が林の陰からちらちらと垣間見える小川の傍まで来ると、ユリウスはようやくそこで口を開いた。

「塔から出る前、貴方は俺たちがエステルを過保護に扱う理由を聞いてきましたよね」

「ああ、誘拐の件でまだ何か事情があるのか、となーー結局聞きそびれたが……」

あの時はアレクシスの乱入で、うやむやになっていたのだ。その後も色々と落ち着かず、結局聞き出すことなくここまで来てしまった。

「エステルがあの時のことを貴方にどう話したのか知りませんが、誘拐されていた日数を知っていますか？」

「日数？　いや、一日ほどではないのか？」

「五日です」

ジークヴァルドは片眉を上げて、ユリウスを凝視した。

「確か、アルベルティーナは国境の諍いに駆り出されていたと聞いたが……。エステルを溺愛しているのだから、そんなものは放り出してすぐに探しに行くだろう。なぜそれほどかかった？」

「……知らせが届かなかったんですよ」

ぎりっとユリウスは悔しげに唇を噛みしめ、小川から乱暴に水を汲み上げた。

「伝令が買収されていたんです。こちらはどうしても諍いから手が離せないのだと思っていましたから、結局アルベルティーナ様の元に知らせが届いたのは四日後で……。危うく、リンダールの外に連れ出される寸前でした」

その時のことを思い出したのか、青ざめたユリウスが額に手を当てた。

「クランツ家を妬んだ者が、国外のどこかの貴族とつながっていたそうなんです。クランツ家は竜騎士を多く輩出しています。どこでもその血は欲しい。ましてや、エステルは女だ。どうなるか、わかりますよね」

「――……子か」

幼い頃に誘拐し、洗脳し、その国に竜騎士をもたらすための子を産む道具にさせられていた可能性がある。

腹の底で、どろりとした怒りが渦巻いた。ユリウスが胸糞が悪い、と口にしていたのよりももっとひどい罵りが口からこぼれそうになる。

「誘拐されていた間の一部の記憶がエステルにはないんです。本人は貴方がそう思ったように一日くらいだと思っている。七歳の子供が記憶をなくすんです。しかも十年経った今でも未だにそれを夢に見るくらいだ。どれだけ怖い思いをしたのかと思うと、誘拐された夜に一緒にいなかったことが、悔やんでも悔やみきれない」

ユリウスは苛立ちをぶつけるように、汲み上げた桶の水をひっくり返した。

怒りに染まった横顔を眺めながら、ジークヴァルドはだからこそエステルの周囲の者はあれほどまでに過保護なのだ、とようやく納得した。

「犯人はどうした？」

「全ての資産を取り上げられて、国外追放になりました。自分で言うのもなんですが、クランツ家は国の宝、と言われていますので、下手をすると国への反逆罪です。生きているだけでもまだましですよ。――屋敷も全焼してしまいましたし」

ざまあみろ、とでもいうようにユリウスは不敵な笑みを浮かべた。

全焼、ということは、おそらくアルベルティーナが跡形もなく燃やし尽くしたのだろう。

(殺すのは竜騎士が止めたのかもしれないな)

竜騎士を持つ竜はいくら可愛がっている人間が別にいたとしても、竜騎士が一番だ。はらわたが煮えくり返っただろうが、屋敷を燃やすだけに留めたのだろう。

「そこに俺がいなかったのが残念だ」

氷漬けにしてやったのに、と続けてエステルがいる野営地の方へ視線を向けると、じっとユリウスが胡乱げな目を向けてきているのに気づいた。

「何だ？　まだ何かあるのか」

「いいえ。ただ、エステルが心穏やかに過ごせるならどんな奴が夫になってもかまわないとは思っていましたけれどもまさかエステルが憧れていた竜の番なんていう別の苦労をするところに収まりそうなのが、すごく腹立たしいだけです」

「……よくそれだけ口が回るな」

ほとんど一息で言い切ったユリウスを見て称賛してしまうと、ぎっと睨みつけられた。

「話は終わりました。さっさとエステルのところに戻ってください。次に攫われたら、エステルが嫌がろうが、貴方が怒り狂おうが、本気でリンダールに連れ帰りますから」

肩を怒らせたようにそらし、再び水を汲み上げるべく桶を小川に差し入れるユリウスに肩をすくめ、ジークヴァルドは踵を返した。

（ユリウスは、俺がエステルを寿命を延ばすための道具にするだろう、と思ったのだろうな）

だが、出会ったばかりの頃はそれも否定できない。あのまま間を置かずに番の儀式をしてしまえば、いつだったかアレクシスの言っていたように、その後は何の興味も抱くことなく、放っておいただろう。

今の心境からすると、考えられないことだ。

エステルはジークヴァルドと一緒に知らない感情を知りたいと言ってくれた。だったらもうしばらく待てる。急かしはしない。エステルがきちんと納得できる結論を出してほしい。

野営地に戻ると、エステルは竜の姿のセバスティアン相手に、腕を振り回して不可思議な踊りを踊っていた。

「……何をしている？」

「あっ、ジークヴァルド様。助けてください。セバスティアン様が食材を狙っているんです！ああっ、人参を持っていったら駄目ですよ！」

エステルが手にしていた籠には、様々な食材が入っていて、それを食べようとするセバスティアンを避ける動きが踊りに見えたらしい。

「セバスティアン、やめろ。ユリウスに食事を減らされるぞ」

『えぇ……お腹が空いているのに』

ぶつぶつと文句を言いつつも、セバスティアンは食材を狙うのをやめた。

「ありがとうございます。助かりました」

ほっとしたように笑うエステルの表情には、どこにも愁いの陰はない。だが、普段は見せない部分がまだ癒えていないからこそ、悪夢を見てしまうのだろう。

ジークヴァルドがそっと頬を撫でると、エステルは少し恥ずかしそうに笑って、はっとしたようにやんわりと手を押しやった。それでも嫌がるような素振りではない。

(人の姿の俺に驚かなくなったな)

それが受け入れてもらえたようで、胸の辺りがじわりと温かくなる。

エステルの笑みにつられるように、ジークヴァルドも小さく笑った。

第五章　満ち足りない竜の執念

『――どうもおかしいな』

干上がったという薬泉の周辺の力の調整を行い、いつものように空に舞い上がって確認をし終えたジークヴァルドが、地に降り立つなり不可解そうに呟いた。

セバスティアンから死守した食材を使った朝食の最中に、竜たちが大切に守っているという薬泉が干上がったと連絡を受けて向かったのだが、何やら不可解なことがあるらしい。

「何かおかしなことがありますか？」

ひび割れた水底をさらしている薬泉を囲むように茶色く枯れている草は薬草なのだとセバスティアンに教えられながら、興味津々でスケッチをしていたエステルは、この状態以上に何か不審な点があるのだろうかと首を傾げた。絵を描くにあたっては、もちろんジークヴァルドの許可を得て描いている。

『塔から出てきてもう九日目だ。異変が減ってきたと思っていたが……。昨日のあの雷雨や陥没といい、薬泉が干上がることといい、やけに続けて大きな異変が起こる』

「アレクシス様が戻って来たからだけではなさそうなんですか？」

『ああ』

様子を窺うようにジークヴァルドが首をもたげて空を見上げた。

食べても害はないのだろう。枯れた薬草をもしゃもしゃと食べていたセバスティアンが、首を捻った。

『うぅん……。そういえば、ジーク、あれ、って出発する前に確認したんだよね？』

『当然だ。あの時には少しくすんではいたが、ひび割れてはいなかったな。――もう一度確認をしに行った方がいいか……』

竜眼を伏せたジークヴァルドは、尾を一定の間隔でゆっくりと地に叩きつけながら、考え込み始めた。

「あれ、って何ですか？」

ユリウスにそろそろやめませんか、と止められているのにもかかわらず、まるでサラダか牧草を食べているかのように薬草を口にしていたセバスティアンにエステルが尋ねると、若葉色の竜は口の端に薬草をくっつけたまま説明してくれた。

『力の均衡を保ってくれる石のことだよ。ジークが狂った力の調整をすれば、あとはその石が状態を維持してくれるはずなんだけれどもなぁ……』

はず、ということはうまく機能していないのだろう。

考えがまとまったのか、ジークヴァルドが尾を叩きつけるのをやめた。

『――【礎】を確認しに行くぞ。アレクシス殿がかなり自由に動き回ってくれたからな。あの後、亀裂ができていてもおかしくはない』

体を傾けてくれたジークヴァルドに乗ると、すぐに飛び立った。塔を出た時よりも若干冷たさが増した風が頬に吹き付けてくる。

（【礎】って、多分セバスティアン様が言っていた力の均衡を保つ石のことよね？　人間を連れて行ってもいいの？　けっこう重要そうな場所だけれども……）

下手をすると【奥庭】よりも重要な場所なのではないだろうか。なにせ【庭】を維持する場所だ。それだけ信用してくれたのかもしれないが、それならばうかつなことをしないようにしなければ。

エステルが意気込んでいると、斜め後ろを飛んでいたセバスティアンが、すいっと少し前へと出た。

『ジーク、来るけど下りる？』

『いや、このままでいい』

来る、という言葉に既視感を覚えていると、いくらも経たないうちに背後から黒い竜が飛んできた。

『ジーク様、お疲れ様です』

セバスティアンとは反対側を並んで飛びながら挨拶をするその声は、ジークヴァルドの配下の黒竜クリストフェルのものだった。配下のまとめ役でもあるクリストフェルが連絡役として来るのは珍しい。

『ああ。――お前が来たとなると、何かあったか』

『はい。今朝方、使いの者にエステルを襲った【奥庭】の竜の行方を探すようにと、ご指示をいただいた件なのですが……』

そういえば、ジークヴァルドは薬泉の件を伝えに来た竜にそんなことを言っていた。

（【奥庭】の竜……。ベッティル様のことよね？）

何か悪い知らせを持ってきたのかとはらはらとしていると、クリストフェルはここにいる者以外には誰にも聞かれることはないだろうに、声を潜めた。

『昨日の昼間、【礎】の付近で見かけたのを最後に、ぱたりと姿が見当たらなくなったようで。ジーク様の番を食べようとするなど、とんでもないと【奥庭】の者も必死で探しているようですが』

『エステルを正気を失った者の前に放り出したり、遠慮なく引っ張りまわした上に、同朋のそれだからな。必死にもなるだろう。――ああ、それでお前が来たのか』

ジークヴァルドが苦々しく呟き、小さく唸った。

『はい。念のため【礎】の確認をしに向かいましたが、力の乱れが酷く、私では近づけませんでした。ですが状況的に、おそらくあの者が【礎】を傷つけた可能性があるかと……』

『そうだな。アレクシス殿のせいで脆くなっていれば、あの程度の力の竜でも傷をつけることができるだろう。ちょうどこちらも向かおうとしていたところだ』

ジークヴァルドが前方を睨み据える。つられるように、エステルもまた目をやった。行く先は晴れてはいるが、気分の問題なのかどことなく空気がよどんでいる気がしてならない。

「あの……、もしベッティル様が本当に【礎】を傷つけていたとしたら、何かベッティル様の得になることがあるんですか？」

ベッティルが【庭】の害になることをするのは何故なのかわからずに、エステルがそっと問いかけると、ジークヴァルドが小さく溜息をついた。

『何もないはずだ。だが、異変を起こし続けたいのなら傷つけるだろう。お前を連れ去るために』

エステルは息を呑んだ。

たったそれだけの理由で【庭】を維持するのに大切な【礎】を傷つけたというのか。自分や自分の棲み処、そして仲間が異変に巻き込まれ怪我を負ったのを目の当たりにしているのだから、異変を起こし続けることの意味がわからないはずがない。

ベッティルの考えが理解できず、以前アレクシスに感じたものとは別の薄気味悪さに、背筋が寒くなった。

エステルの顔色が変わったのを見て取ったのか、クリストフェルが重くなった空気を変えるように、いつもよりも朗らかな声を上げた。

『では、私は塔へ戻って連絡を待ちます』

『ああ。――……そうだ、待て。アレクシス殿の件はどうなった。番は戻ったか』

『いえ、まだ戻っておりません。あちらの国で揉めているやもしれませんが。ですが、災害が起ころうと、周辺の国々からあの国に対して苦情が殺到しようと、ジーク様のおっしゃられた通り、あの国の自業自得ですので。知ったことではありません』

いつもおっとりとしているクリストフェルが憤慨したように吐き捨てる。話題が変わったことに、エステルは内心ほっとしつつも不穏な気配に眉を顰めた。

(珍しくクリストフェル様が怒っているわ……。まあ、アレクシス様の遺言とか、嘘をつかれれば怒るわよね)

竜には誠実であるべきだ。巡り巡って自分だけではなく周辺にも被害が及ぶ。

アレクシスの元竜騎士の国は、一体何を隠しているのだろう、と考えていると、クリストフェルが声をかけてきた。

『それにしても……エステルは大分高所恐怖症が緩和されたようですね。こうして乗っていても会話をできるようですし』

「えっ、あ、はい。そんなには震えなくなりました。まだ背筋を伸ばしては乗れませんし、下も見られませんけれども。でも、ジークヴァルド様がいてくれますから」

手をついていた銀の鱗をそっと撫でると、ジークヴァルドがちらりとこちらを振り返った。優し気に細められた目と合い、エステルが耳飾りに手をやって笑いかけると、ジークヴァルドは気まずそうに前を向いてしまう。

クリストフェルがくすくすとからかうように笑った。

『仲睦まじいようで、何よりです。このまま番の儀式をしてしまってもよろしいのでは？』

そう余計な一言を口にしたクリストフェルは、ジークヴァルドが怒りだす前に『お気をつけて』と言い残し、さっさと離れた。

ジークヴァルドが忌々しそうに嘆息する。

『あいつは……』

「クリストフェル様も心配なんですよ」

配下としては、関係が良好ならば、一年も待たずに早く儀式を済ませてほしい、というのが本音だろう。エステルが何かに巻き込まれて死なないうちに。

エステルは【礎】を目指して飛ぶジークヴァルドの背中を、宥めるように小さく叩いた。

＊＊＊

ここが【礎】の近くだと連れて来られた場所を見たエステルは、ぽかんと大きく口を開けたまま立ち尽くした。

その傍らに立つユリウスも、言葉をなくしたかのように無言で目を見張っている。

そこは六角形の緑柱石のような半透明の石柱が何本も乱立、または重なり、壁や柱となっているまるで神殿にも似た荘厳な場所だった。

人の手で切り出したかのようにも見える六角形の石柱群は、しかしながら自然に形成されたものだと教えられた時には、【庭】ではもう何を見ても驚いたら駄目だと心底思った。

「石と聞いていたので、まさかこんなに神秘的な場所だとは思いませんでした。……すっごく創作意欲が湧(わ)きます」

エステルが初めの衝撃からようやく脱し、目を輝かせて辺りを見回していると、人の姿に変化し、歩き出そうとしていたジークヴァルドが肩越しに振り返った。

「観察をするのもいいが、足元に気をつけろ。落ちるぞ」

言われて慌てて足元を見回した。石柱は高さが一定ではなく、首が痛くなるほど見上げなければならないほど高いものもあれば、敷き詰められたタイルのように連なる場所もある。そのタイルのような石柱が歯抜けのようにところどころ落ちくぼんでいた。すぐ近くのくぼみを覗(のぞ)き込んでみると、光を透かしているせいかそれほど暗くはないが、かなり下の方で水が流れており、落ちたらそのまま急流に呑み込まれてしまうだろうということが簡単に想像できた。

「……気をつけます」

頬を引きつらせて先に歩き出したジークヴァルドの後についていく。そのすぐ後ろをエステルが落ちる心配をしているのか、ほとんど張り付くようにユリウスがついてきた。こちらも人の姿になったセバスティアンは最後尾を歩きながら、落ち着かない様子で辺りを見回している。

静まり返った【礎】への道は周辺に木々がないせいか、鳥の声も葉擦れの音さえも聞こえてこない。響くのはエステルたちの足音と足元の石柱の下を流れている水音だけだ。否応なしに緊張感が増してくる。

（クリストフェル様は近づけなかった、とか言っていたけれども……）

ここまできてもそんな気配は感じない。先を行くジークヴァルドの歩みも止まることなくどんどんと奥に進んで行く。――と、唐突に静かなその場にぐうう、と盛大な腹の音が響き渡った。一気に張り詰めていた緊張が霧散していく。

あまりにも大きな音にぎょっとしたエステルが振り返るとほぼ同時に、こめかみを引きつらせたユリウスが呆れたように主竜を見上げた。

「……セバスティアン様、もう空腹になったんですか。さっき薬草をばくばくと食べていたじゃないですか」

「あんなんじゃ、お腹は膨れないよ。今朝のご飯も途中でジークの使いが来たから、あんまり沢山食べている暇がなかったし」

「これでも食べていてください。注意力散漫になっても困りますから」

ユリウスが携帯食を入れた袋の中から干し肉を取り出して押し付けるのを横目に、ほっと肩に入っていた力を抜く。ジークヴァルドが小さく嘆息した。

「あいつがいると、緊張も裸足で逃げて行くな」

「そうですね」

エステルもまた苦笑して同意した。深刻になりすぎないので、セバスティアンのような存在はありがたい。

再びまるで迷路のような六角形の石柱群の中を歩いて行くと、やがて見えてきたのはそれほど大きくはない滝だった。おそらく大人(おとな)の竜の二倍ほどの高さだ。上から流れてくる水は滝つぼに落ちるとすぐに足元の石柱の下へと流れ込んで行く。

「安定していないな。クリスが近づけないはずだ」

岸辺に立ったジークヴァルドが眉を顰める。

「そうですか？　そんなに水の量が増えたり減ったりしているようには見えませんけれども……」

石柱の下に呑み込まれていく辺りは吸い込まれそうに速いが、滝から落ちてくる水の幅は人間が両腕を広げたほどで、先ほどから一定の水量を保っているように見える。

「いや、水の量ではない。水に含まれる力の方だ。多くなったり少なくなったり、安定していない。この水は【庭】中を巡ってここに戻ってきている。この調子で流れていけばなかなか力の均衡を保てないはずだ」

つまりこの水が流れていくことで【庭】の力の均衡を保っているということなのか。

「もしかして【礎】はこの水の中なんですか？」

「いや……、あの滝の裏側だ。滝を通り抜けなければならないからな。これほど乱れていると、クリスくらいの力の持ち主では近づくのが難しい」

「クリストフェル様は、ベッティル様より強いはずですよね。ベッティル様はよく近づけましたね」

「傷つける前だからな。その時には安定していたのだろう。普段ならば弱い竜でも通り抜けることはできる。特に禁忌の場所でもないからな」

隠されているわけではない、ということは【礎】は普段の状態なら簡単に傷をつけられるものではなく、そして持ち出せるものでもないのだろう。

ジークヴァルドはしばらく見極めるように滝を睨みつけていたが、やがてセバスティアンを振り返った。

「セバスティアン、外を見張っていてくれ。エステルは連れて行く」

「いいけど、エステルを中に連れて行っても大丈夫？　人間は入ったことないし」

セバスティアンが心配そうにエステルに目を向けてきたので、特に不安にも思わずについて行こうとしていたエステルは軽く目を見張った。

「え、そうなんですか……？」

それはそれで少し恐ろしい。セバスティアンがわざわざそう言うということは、本当に何が起こるかわからないのだろう。

「だが、いくらお前でもアレクシス殿とベッティルの両方同時に来られたとすれば、手加減できずにおそらくエステルを落とすだろう。お前の竜騎士ではないからな」

「うっ、そ、それは、そうだけどさぁ……」

ジークヴァルドの指摘に、セバスティアンは気まずそうに顔をしかめた。その隣に立つユリウスも似たような表情を浮かべる。

「そういえば落としましたね。ルドヴィック様の件の時に。それでそのまま行方不明になりましたね」

「でもあれは、セバスティアン様の責任じゃないわよ」

確かにあの時は、空に放り出されて死んだと思ったが。慌てて擁護したエステルだったが、その時の恐怖を思い出しそうになって、小さく頭を振る。

今回は二匹に襲われる可能性があるのだから、初めから乗らない方がいいだろう。

ジークヴァルドは軽く目を伏せてしばらく考えていたが、やがて顔を上げた。

「人間は人間でも、俺の力を分け与えた竜騎士だからな……。そう問題は――」

『――俺がエステルを見ていてやろうか』

ジークヴァルドの言葉を遮るように頭上から響いてきた朗らかな声に、一同は一斉に上を見上げた。

よく晴れた空に似合う、華やかな朱金の竜が一際高い六角形の石柱の上に忽然と現れこちらを見下ろしていた。突然現れることにも、もうあまり驚かなくなってきてしまっている。

「アレクシス様……。昨日は、ありがとうございました」

エステルが一応礼を口にすると、アレクシスはかすかに首を傾げた。そうしてすぐに思い出したように尾を打ち鳴らす。りん、と石柱が鈴のように不思議な音を立てた。

『ああ、昨日のあの白っぽい奴に連れて行かれようとしていた、あれか。食われなくてよかったな』

昨日の記憶はあるらしい。【庭】での出来事はきちんと覚えているのだろう。それにしても、今日は燐光を帯びてもいなければ、以前のように弱っているようにも見えない。

「アレクシス殿、その点では感謝するが、エステルを竜騎士に連れて行こうとしている時点で、貴方には任せられるわけがないだろう」

ジークヴァルドがエステルを背後に隠すようにしてアレクシスを睨み上げる。瞬く間に氷交じりの風が巻き起こり、アレクシスの被膜を揺らした。

『おお、怖いな。番を食われそうになれば、そうもなるか。人が番だと大変だろう。そろそろ面倒くさくなってきたんじゃないのか？　俺が竜騎士として引き取ってやるぞ』

からかうような口調だが、おそらく本気だ。本気で自分が死んでいると気づかずに、未だに竜騎士を得ようとしている。

いたたまれなさと切なさに苛まれつつ、エステルがアレクシスを見上げていると、セバスティアンがふわりと竜の姿へと戻った。

『ジーク、【礎】に行って。僕がアレクさんを足止めしておくから』

「エステルを頼みます」

セバスティアンの背に乗ったユリウスが小さく手を振ったかと思うと、竜と竜騎士はあっという間に空に舞い上がった。

アレクシスと対峙するのを見届けるまでもなく、ジークヴァルドもまた竜の姿に戻るとエステルの襟首をさっとくわえて背に乗せた。そのまま滝に向かって突っ込むように飛んで行く。

(――ぶつかる！)

上げそうになった悲鳴を呑み込む。大きく見開いたエステルの目に映ったのは、滝に向けて咆哮したジークヴァルドが起こした氷交じりの風が、わずかな間滝の水を霧散させた光景だった。

「……っ!!」

ジークヴァルドが止まった滝の裏に現れた洞穴に飛び込むと、途端に滝が元のように流れ始めたが、なぜか一気に空気が重くなった。まるで水流に呑まれたかのように、あちらこちらに揺さぶられているようで気分が悪い。これは人間が【礎】に近づいた弊害なのだろうか。

　思わず口元を押さえると、それに気づいたジークヴァルドが振り返った。

『力にあてられているな。俺が渡した耳飾りに触れて、ゆっくりと息をしろ』

　ぐらぐらと揺れる頭を押さえて震える手で言われた通りにジークヴァルドの鱗があしらわれた耳飾りを握りしめ、静かに深呼吸を繰り返すと、空気の重さは変わらないが、それでも揺れているような感覚はそれほど感じなくなった。

「……おさまりました。もう大丈夫です」

『慣れれば大丈夫だろうが、落とさないようにしろ。歩けるか？』

　ジークヴァルドの問いかけに頷き、その背からおそるおそる降りる。そうしてようやく周囲を見回す余裕が出たエステルは、洞穴が外と同じ緑柱石のような六角形の石で覆われているのに気づいて、瞠目した。外から差し込む光に反射しているのかほのかに明るい。

「すごい……」

「滑らないように気をつけろ」

　流れ込んだ滝の水と、天井から染み出してきた水が洞穴内の所々に水溜まりを作っている。それをなるべく避けながら、人の姿に変化したジークヴァルドの後に続いて奥に歩いて行くと、いくらも経たないうちに開けた場所に出た。そうして見たものに、驚愕して顔色を変えた。

「……あの、これって……」

「……竜、ですよね？」

【礎】はここを形成する六角形の石柱と同じ緑柱石のような石でできた、竜の形の彫刻だった。しかしながら目を閉じて寝そべる様は、まるで今にも目覚めて動き出しそうだ。あまりにも彫刻にしては生々しすぎて、とてもではないが描く気が起きない。木炭を構えた途端に、襲われそうな気がする。

「竜だ。竜の亡骸が結晶化したものだ。一番古い【礎】は、初代の長になる」

それが驚くことに壁に沿うようにして何体もあったのだ。

「…………それをわたしに見せてもいいんですか!?」

「問題はないと思うが？」

【奥庭】には人間を連れて行くのを渋るのに、【礎】は簡単に見せる、その竜の感覚がわからない。

（生きているか、死んでいるかの違い？　それとも、人間の手に負えるか負えないか？　……うん、とりあえず、誰にも喋らないでおけば問題ない、ってことにしておこう！）

頭痛を覚えてきたので考えるのを放棄し、気を取り直すように【礎】の竜たちを見回した。

「こんなにあると、どれが傷つけられたのか探すのが大変ですね」

ぱっと見ただけではどこも欠けているようには見えない。

「いや、脆くなっている【礎】は全体的にくすんでいる。出発前にくすんでいたものがあったからな。傷つけられていたとすれば、おそらくそれだ」

　ジークヴァルドが迷いなく、入ってきた場所から右手の奥の方へと目指して歩き出した。エステルはそれについて行きながら、様々な体勢で寝そべる【礎】の竜たちを厳かな気持ちで眺めた。

「ここにいらっしゃる竜の方々は、どうやってここまで運ばれてきたんですか？」

「運ばれてはいないな。自らここへ来て、ここで亡くなった。どういう理由なのかはわからないが、【礎】に成り得る竜は、死ぬ間際に体の一部が結晶化するそうだ」

　普通の竜はジークヴァルドの棲み処でもある弔い場の湖に遺骸が沈められ、その力が長命の実となって、自然へと還っていく。ここの竜たちはその力が【庭】を維持するためのものになるのだろう。

　それを考えると、余計に【礎】の竜たちを傷つけられるベッティルの気持ちがよくわからない。下手をすると同族殺しと同じことなのではないだろうか。

　エステルが考え込んでいると、ジークヴァルドがある一つの【礎】を指した。

「ああ、これは人間の娘を番にした竜だ」

　思わぬ言葉にぎょっとして、つい立ち止まってしまう。

　やはり緑柱石の体となった竜は、ここにいる他の竜に比べると若干体格がいい竜だった。鱗の色は結晶化しているためわからないが、螺旋状に溝がある二本のすんなりと伸びた角が美しい。

（そういえば、番の女性の方って、もともとは贄の人間だった、とか言っていたわよね）

この武骨な竜に食われようとしたその心情を思うと、ベッティルに少し齧られそうになった自分は、まだまだ生易しいものなのかもしれない。

エステルはぶるりと身を震わせて、少し先に行ってしまったジークヴァルドを慌てて追いかけた。

「――これだ」

ジークヴァルドが立ち止まったのは、他の【礎】よりも白く濁った竜の前だった。前足の部分から全身に蜘蛛の巣状にひびが広がっている。

「やはりあの者が壊したか」

前足の傍に落ちていた何かを拾い上げたジークヴァルドの声が、怒りに低く沈む。拾ったものを見たエステルは、唇を噛んだ。

「薄紫の鱗……。ベッティル様のもので間違いないですか？」

「ああ、お前を昨日攫った竜と同じ匂いがする。尾でも叩きつけたのだろうな」

忌々しそうにジークヴァルドが鱗を踏み潰す。エステルは何とも言えない気分で、ジークヴァルドを見上げた。

「元には戻らないんですか？」

「くすみはどうにかなるが、ひびは……」

憤ったように眉を顰めたジークヴァルドは、そこで一旦言葉を切るとちらりとエステルに視線を向けた。

（ん？　何？）

少し疑問に思ったが、ジークヴァルドは小さく頭を振った。

「いや、どうにかなるだろう」

エステルの疑問をよそに、ジークヴァルドは鋭い歯で自分の指先に傷をつけると、ぷくりと浮かんだその血でひび割れをなぞった。

「こんなものか……」

力の調整をした後に、異変がすぐには元には戻らないように、ひび割れもくすみもやはりたちどころには治らないようだ。ただ、ジークヴァルドが辿った跡は、染み込んでしまったのか赤い血の線などは残っていない。

「外へ戻るぞ」

早くも踵を返したジークヴァルドの後に続こうとしたエステルは、傷ついた【礎】の竜に向き直ると、手を組み合わせて「早く治りますように」と祈るとジークヴァルドを振り返った。

「あの、撫でても大丈夫ですか？」

「ああ、問題ない」

ジークヴァルドに許可をもらうと、エステルは労わるようにひび割れを撫でた。そうしてすぐにジークヴァルドを追いかける。

少し先で立ち止まり、待っていてくれたジークヴァルドが目元を和らげて何も言わずに手を差し出してきたので、エステルは微笑んでその手を取った。

＊＊＊

流れ落ちる滝を、入ってきた時と同じように竜の姿に戻ったジークヴァルドが一旦止めて外に出ると、辺りは一変していた。

六角形の緑柱石が、ほぼ全て緑の蔦で覆われている。神秘的な様子というよりも、野性味溢れる風景だ。

『セバスティアンの奴は……、やりすぎだ』

苦々しげに呟いたジークヴァルドが蔦に覆われた柱の上に舞い降りる。

よく見れば蔦というより、蔓草に見えるそれに、エステルはふとセバスティアンから聞かされた話を思い出した。

「これって……もしかしてセバスティアン様が一度捕まったことがあるとか言っていた蔓草ですか？　あの、寝ていたら一晩で覆われたとか」

『……あれか』

呆れ返ったような声音のジークヴァルドが一度嘆息すると、ぐるりと首を巡らした。

『――ああ、また捕まっているな』

「え？」

驚いたのも束の間、ジークヴァルドは緑柱石の柱から飛び上がると、こんもりとした蔓草の山のようになっているすぐ傍に降り立った。その傍らでは、険しい表情で蔓をナイフで切っているユリウスがいた。エステルたちがやって来たのに気づくと、ほっとしたように表情を緩める。

「無事でよかった……」

『あっ、ジークーっ。力を使ったら、止められなくなっちゃって、助けて！』

じたばたと暴れるセバスティアンに、ジークヴァルドが竜眼でもそうとわかるほど冷たい目を向けた。

『これだけ力が乱れている場所でやりすぎると、いくらユリウスがいたとしてもこうなるのはわかっていただろう』

『だってさ、アレクさんあちこち動き回るんだもん。でも、ほら、ちゃんと足止めはしておいたから！』

　ほぼ簀巻きにされているのにもかかわらず、得意げに鼻を鳴らしたセバスティアンが、かろうじて動く顔で前方を指し示す。何気なくそちらを見たエステルは、あんぐりと口を開けた。

　そこにいたのは、ひときわ高い緑柱石の柱に竜の姿で蓑虫のごとく吊るされている朱金の竜――アレクシスの姿だった。竜の威厳も切ない気分もどこかへ飛んでいきそうだ。

「……え、あれ、大丈夫なんですか？」

『大丈夫だ。生身ではない』

「そういう問題じゃないと思います」

　頭痛をこらえているようなジークヴァルドの声に、思わず反論してしまってから、エステルは首を傾げた。

「でも、生身じゃないのにどうして捕まえられたんでしょうか」

『さあな。アレクシス殿自身に聞いてみるか』

　エステルたちが近づくと、アレクシスは閉じていた目を開けた。

『セバスティアンは強くなったなあ』

『それでも今の貴方なら、逃げられたはずだろう。そろそろ思い出して、帰るべきところに帰れ』

『帰るべきところは……『庭』だろう？』

刺激しないようにか、遠まわしに告げるジークヴァルドの言葉にも心底不思議そうにアレクシスが返してくる。

埒が明かない様子に、ジークヴァルドが仕方なしに真実を告げようとしたのか、深い溜息をついて口を開きかけると、それよりも先にアレクシスが言葉を紡いだ。

『それより――。【礎】はちゃんと修復できなかっただろう？』

珍しく嘲笑するかのようなアレクシスの様子に、エステルは大きく目を見開いた。ジークヴァルドが小さく唸り声を上げる。

『いいや、問題ない。あれで調整した力がきちんと保たれる。異変もしばらくすれば全て収まるだろう』

『しばらくの間だけだがな』

付け加えるアレクシスの視線が、ジークヴァルドの背中で瞠目しているエステルに向けられる。

「……わたし、何かしてはいけないことをしましたか？」

そういえば【礎】を修復する際、ジークヴァルドがエステルのことを意味ありげに見据えたのを思い出す。それとも、本当は【礎】に触れてしまっては駄目だったのだろうか。

ジークヴァルドがこちらを振り返らずに、アレクシスを睨みながら首を軽く横に振る。

『いや、お前は何もしていない』

『そうだな、していないからな』

合いの手のようにアレクシスが言葉を挟んでくるのに、忌々しそうにジークヴァルドが尾を左右に揺らした。揺れる背中に少し息を呑んでしまうと、ジークヴァルドが気遣うようにこちらを振り返ったが、エステルと目が合うと、すぐに前を向いてしまった。

この渋り方には覚えがある。あの番の儀式が半分済んでしまったかもしれない、ということを隠していた時と似たような反応だ。

「ジークヴァルド様……、もしかしてまた番の関係ですか？　それなら教えてください」

『問題ないと言っているだろう』

「……っ、もういいです。アレクシス様に聞きますから」

頑なに話そうとしないジークヴァルドに苛立ち、エステルはその背中から滑り降りた。びっしりと蔓延る蔓草に足を取られそうになるも、何とか体勢を立て直してアレクシスに歩み寄ろうとすると、ジークヴァルドに襟首をくわえられた。

「――話すつもりがないのなら、離してください！　ジークヴァルド様はいつもそうです。知らない間に番をわたししか選べなくなっていたり、言葉が足りなかったり……」

引き戻されそうになるのを踏ん張って耐えようとしたが、足元の蔓草で滑ってしまい先に行けない。

気遣われているのはわかるが、そんな気遣いだったらいらない。聞いた上で判断するのは自分だ。ジークヴァルドに決められたくはない。

　そんなエステルたちを面白そうに見ているアレクシスに気づき、エステルはきっと睨んだ。

「アレクシス様も笑っていないで、ジークヴァルド様を説得してください！　【庭】にとって、重要なことなんじゃないんですか⁉」

『そこまで今、慌てるようなことでもないがなぁ……、まあ、面倒なことは面倒だな』

「……どういうことですか？」

　アレクシスの何ともあやふやな言い方に困惑し、エステルが暴れるのをやめると、ジークヴァルドがようやく襟首を離してくれた。しかしながらすぐに人の姿になったかと思うと、アレクシスに接近させないためにか、エステルの腕をしっかりと掴(つか)んできた。その眉間(みけん)には深い皺(しわ)が刻まれている。

　ジークヴァルドはそれでも渋るように唇を引き結んでいたが、やがて小さく嘆息して口を開いた。

「――……先程の【礎】の修復は不完全なものだ。とはいえ、しばらく維持するのには問題ない。ただ、長の俺の血が完全なものではないからな。うまく力が行きわたっていない。定期的に修復が必要になる」

「血が完全なものではない？　それって……」

「俺が番を得た竜ではないからだ。長になった時点で、大抵はすでに番がいるものだからな」

苦虫を噛み潰したように告げてくるジークヴァルドに、エステルはひゅっと息を呑み、すぐに前のめり気味に詰め寄った。

「――なります！　わたし今すぐ番になりますから、【礎】の修復をしに行きましょう」

ジークヴァルドの手を掴み、血を飲めば番が成立するのだからと、先ほど【礎】を修復した際に傷つけた指はどれだっただろう、と探そうとすると、肩を掴まれて引きはがされた。

「後先考えずに、簡単に番になるなどと言うな。これ以上竜の都合でお前を巻き込みたくはない。今回のことでルドヴィックの時よりも恐ろしい思いをかなりしただろう。結論を急ぐ必要はない。俺はお前を道具のように扱いたくない」

真っ直ぐに見据えてくる藍色の竜眼は、真摯でエステルのことをきちんと考えてくれているのだとわかる。だがそれだったら、なおのことジークヴァルドの手助けになるようなことをしたい。

「簡単になんか言っていません。わたしは何も役に立てていないじゃないですか。助けられて、守られてばかりで、むしろ足手まといです。何にもできていないのに傍にいるだけでいいなんて言われて、喜んでいる場合じゃないです。だって、一緒に知らない感情を知っていくのを約束したじゃないですか」

ジークヴァルドの胸倉を強く握りしめる。

「番がいないことで、ジークヴァルド様に不自由な思いをさせたくない。番の役目をこなさせてください。ジークヴァルド様が……好きなんです。わたしのせいでいなくなってほしくない。――番にしてください」

色気も可愛げも何もない求婚の返事だが、それでもこれが今の自分に言える、正直な気持ちだ。

瞠目したまま微動だにせずにエステルの言葉を聞いていたジークヴァルドが、肩を掴んでいた手に力を込めてきた。

「エステル……それを言うのは俺の方だろう。だが、お前がそこまで覚悟してくれるのは――」

驚きに目を見張っていたジークヴァルドが、ようやく表情を柔らかく緩める。

――と、ガシャンと何かが割れる音と共に地面がぐらぐらと揺れた。

『わぁあああっ、割れちゃった！』

「だから、あんまりそこに体重をかけたら駄目ですよ、って言ったじゃないですか！　エステルたちが気になるからって、前に出ようとするからですよ！」

はっとして声のしてきた方――セバスティアンとユリウスの方を見ると、ようやく蔓草から抜け出したらしいセバスティアンの体の下のタイルが割れて、前足が下を流れていた川に落ちかかっていた。

「セバスティアン様！」

「近づくな。セバスティアンの力のせいで、下が脆くなって――」

エステルが体の向きを変えると、がくん、と足元が急に下がった。下を流れる急流に落ちそうになって肩を掴んでいたジークヴァルドの手が、咄嗟に片腕を捕らえる。慌ててもう片方の手をジークヴァルドに伸ばそうとした時、近くの蔓草に覆われた六角形の柱の陰から何かが猛然と突っ込んできた。

「――っ!?」

伸ばしかけていた腕に、唐突に激痛が走った。すぐに痛みが痺れに変わるほどの衝撃に、何が起こったのかわからずに歯を食いしばってそちらを見たエステルは、自分の腕に食らいついている白っぽい薄紫色の竜――ベッティルの姿を見つけて戦慄した。

「離れろ!!」

ジークヴァルドの怒声が耳を打ち、引き戻されようとしたがベッティルは噛みついたまま離そうとしない。額に脂汗が滲んでくる。

(腕を食いちぎられる……っ)

慄然としたエステルの足元で、ぱきん、と石が割れる音がした。地面が沈み、ベッティルともども崩れた緑柱石のタイルに呑み込まれかける。エステルは必死に目を開けて、爛々としたベッティルの紫水晶の竜眼を捕らえ、奥まで見据えるように覗き込んだ。

「離して！　ベッティル！」

エステルの叫び声に呼応するかのように、ベッティルの体が大きく震えた。かと思うとかぱりと口が開いて、ようやく腕が解放される。それを逃さす、ジークヴァルドがベッティルを吹き飛ばすのと同時にエステルを引っ張り上げてくれた。

ジークヴァルドに吹き飛ばされたベッティルは柱に激突したが、よたよたと立ち上がると、水を振り払う獣のようにぶるぶると首を振った。

『ずるい、ジークヴァルド様！　そんなに強いのに、番食べてもっと強くなるの、ずるい。魅了の力も邪魔！』

わめきちらすベッティルが、ぎらぎらとした目でエステルを睨みつけてくる。

(今、魅了がかかったのね……)

どうやら一瞬は魅了の力にかかって口を離したらしいが、怒りに拍車をかけてしまったようだ。

「誰が番を食べるものか。そんなことで力が増すわけがないだろう」

ジークヴァルドがエステルを抱き寄せて、ベッティルを威嚇するように見据えると、薄紫色の竜は、呑まれたように数歩後ずさった。それでも口は止まらない。

『嘘。ベッティル聞いた。ニンゲン番にした竜、死んだ番食べて強くなった。だから、きっとジークヴァルド様の番も食べれば強くなる』

ベッティルは隙(すき)を狙(ねら)うかのように、身を低くして唸り声を上げた。

「死んだ番を食べた……？　竜は、番が亡くなると食べるんですか……？」

痛いというより痺れているような感覚の腕を押さえながら、エステルは呆然と言葉を繰り返した。ジークヴァルドが眉間の皺を深めて見返してくる。

「食べるものか」

『食べたそうだぞ』

いつの間に蔓草の拘束から抜け出したのか、石柱の上からアレクシスが口を挟んできた。

ジークヴァルドが舌打ちをしてアレクシスを睨み上げる。

『教えておいてやらないと、番になった後に知って怖くなったら可哀そうじゃないか』

「無駄に怖がらせるな。竜は番を食べない」

『普通はな。あの【礎】になった人間を番にした竜は、番が亡くなると食べたそうじゃないか。愛しい番を土に還したくなくて。――力が増したなんて話は聞かなかったけどな』

アレクシスの憐みが混じった声を聞きながら、エステルは【礎】の洞穴の方に目をやった。

人間と竜は寿命が違う。竜騎士が百年近く生きるように普通の人間よりは長生きするのかもしれないが、人間の番の方が先に亡くなるのは当たり前だ。それでも【礎】の竜は番にし、亡くなると食べてまで共にいたかったのだろう。おぞましいと思うよりも、胸がつきんと痛んだ。

「エステル、俺は番になったとしても食べない。お前が国に帰してほしいのなら帰す。【庭】で眠りたいのならそうしよう。それは必ず約束する」

支えるように抱き寄せるジークヴァルドを、初めの衝撃が去ったのかじわじわと増してきた腕の痛みをこらえて見上げる。

「わたしは……今食べられるのは怖いです。でも、死んだ後にもし食べられたとしても、死んでしまった後なので痛いとか怖いとかはわからないと思います。それに――」

エステルはジークヴァルドの腕を握りしめて笑った。

「そんな先のことを考えて、番になりたいと思ったわけじゃありません」

何とかそれだけ言い切った途端、血を流しすぎたのかくらりと眩暈(めまい)が襲い、足元がふらついた。

「エステル！」

ジークヴァルドが支えてくれていた手に、咄嗟に力を込めた。大丈夫だ、と言おうとすると、その耳に、甲高い竜の咆哮が響いた。

『ジークヴァルド様食べないなら、ベッティル食べる。そのニンゲン、ちょうだい！』

躍りかかってきたベッティルを、ジークヴァルドが瞬く間に起こした冷風で叩き落とした。地面に落下したベッティルは、そのまま崩れた緑柱石のタイルと一緒に急流に呑まれてあっという間に流されていく。

しかしエステルはそれを気にする余裕などなかった。まるでそこにもう一つの心臓があるかのようにどくんどくんと痛みを訴えてくる腕に、痛みをこらえるように歯を食いしばる。

（痛い……。痛いの？　痺れているだけ？　わからない……）

ジークヴァルドが焦ったように抱き上げた。自分の腕ではないように、だらりと力なく腕が下がる。

「少し我慢してくれ。ここから離れる」

気づけば、あちらこちらが崩壊し始めていた。蔓草に覆われていた六角形の緑柱石が、音を立てて崩れ始める。

その間を避けながらジークヴァルドが走り出すと、行く手を阻むようにアレクシスが舞い降りてきた。歪んだ地面に降り立つと、瞬く間に東風の華やかな衣装を身に着けた青年の姿になる。

「俺が運んでやる。お前はここの力の調整をしろ」

「……貴方にはエステルを運べない」

「運べない？　何を言っている？　それよりも早くしないと潰されて、閉じ込められる」

「潰されて、閉じ込められる――。ではなく、落ちて流される、だろう。……貴方のそれは、もう終わったことだ。いいから、どいてくれ」

ジークヴァルドが苛立ちを抑えきれずに、氷交じりの風を発生させる。勢いに押され、アレクシスが数歩後ずさった。しゃらしゃらとアレクシスの腕輪が騒がしく鳴り響く。

「終わったこと？　何が終わったことなんだ」

「アレクシス殿……貴方はもう百年近くも前に出向いた竜騎士の国で、竜騎士と共に崩落に巻き込まれて怪我を負い——亡くなっている」

ジークヴァルドの声が、強風の中にあってもはっきりと響き渡った。

アレクシスが大きく目を見開いた。そのまま表情を強張らせ、乾いた笑い声をたてる。

「はは……？　俺が？　死んだ？　そんなことは……。死んだのは長だろう。だから、俺は帰ってきたんだ」

「長も亡くなられたが、貴方も亡くなっている。何か思い残すことが、無念があったのだろう。長が亡くなったことに引っ張られて、残った力と思念だけが【庭】に戻って来たんだ。記憶が曖昧なのも、力がうまく操れないのも、そのせいだと、思い当たる節はあるだろう」

感情を抑えるように淡々と語るジークヴァルドに抱えられながら、エステルはその胸元を握りしめた。

自分が死んだと思ってはいないのだから、そう簡単には信じることはできないだろう。それでもずっとこのままというわけにはいかない。

「エステルは貴方の竜騎士ではない。勘違いするな。ここにいる貴方はすでに肉体のない、成れの果てだ。貴方の番が亡骸を迎えに行っている。あるべき場所に帰れ」

呆然と立ち尽くしたアレクシスの横を、ジークヴァルドが足早に通り過ぎて行く。ふっと影が差したのでエステルが見上げてみると、ちらちらとこちらを心配そうに見下ろしながら付き従うようにゆっくりと飛ぶセバスティアンの姿が見えた。

「ジークヴァルド様……」

「黙っていろ。顔色が悪い」

「それはジークヴァルド様もです」

動く方の手を伸ばし、ジークヴァルドの頬に手を添える。するとジークヴァルドは頬を一度摺り寄せると、ちらりとアレクシスを見やった。その表情が険しくなる。

「セバスティアン！　受け止めろ」

突然ジークヴァルドが叫ぶと同時にエステルは放り出された。視界の端に、瞬時に銀の竜の姿に戻ったジークヴァルドが、追い縋ってきていたアレクシスと対峙したのが見える。

『えっ、ちょ、ちょっと無茶しないでよ、ジーク！』

ジークヴァルドの意図を察し、すぐさま降りて来たセバスティアンが、放り出されたエステルを地面すれすれのところで襟首をくわえて受け止めてくれた。

受け止められた衝撃に、息が詰まり、気が遠くなるほどの痛みが腕を襲う。

「……っつ」

「セバスティアン様、エステルを降ろしてください！」

セバスティアンの背中に乗っていたユリウスが飛び降りて、慌てて腕を伸ばしてくる。

ユリウスに支えてもらいながら、ふらつく足でどうにか地面に降り立ったエステルは、そのままくずおれそうになった。

「セバスティアン様に乗れる？　ここにいたらジークヴァルド様たちの争いに巻き込まれる」

「……何とか乗れると思う」

ユリウスの助けを借りて、身を傾けてくれたセバスティアンの背中にどうにかして乗る。

ジークヴァルドとアレクシスが互いに様子を窺うように身を低くして威嚇するような唸り声を上げているのが目の端に見えた。

（怪我なんかしなければ、ジークヴァルド様の助けになれたのに）

竜騎士のエステルがいれば、力の限り争ったとしても操りにくくなることはないのだ。元次期長のアレクシスと対峙するのは、いくら亡霊だとしてもやりにくいだろう。

肝心な時に役に立てない自分の不甲斐（ふがい）なさに、エステルは悔し気に唇を噛みしめた。

＊＊＊

エステルたちが離れたのを確認したジークヴァルドは、今にも追いかけて行きそうだったアレクシスの前に身を滑り込ませた。

『いい加減に思い出せ。貴方は竜騎士と共に国に赴き、そこで亡くなった。ここにいるのは生身の貴方ではない。力と思念だけの存在だ』

言い聞かせるように、再び同じことを述べる。

行く手を阻んだジークヴァルドに低く唸り声を上げていたアレクシスが、大きく吠(ほ)えた。

『そんなはずはない。どけ、ジークヴァルド！』

『貴方の竜騎士は亡くなった。貴方とともにな。貴方は【庭】には帰ってこられなかったのだ。頼むから、理解してくれ』

説得するように静かに言葉を紡ぎつつ、足元に目をやる。

(ここでさらに力を使えば、完全に崩れる、か？)

【礎】の洞穴に被害が及ぶことはないだろうが、それでもこの石柱群にはしばらく簡単に踏み入ることができない有り様になるかもしれない。

『貴方は誰よりも【庭】を大切に思っていたはずだ。俺が貴方の力を超えそうだとわかった時に、すんなりと次期長の座を譲れるくらいに。番が憤るのもわかっていただろうに、諍(いさか)いが起こるのを嫌って、【庭】に帰ってこないほどだった。その貴方がこの【礎】を乱すのか？』

興奮にぎらぎらと輝いていたアレクシスの双眸(そうぼう)が、わずかに迷うように軽く伏せられた。

『乱すも何も、俺は……！　違う、そんなことは、ない!!』

アレクシスが惑乱気味に首を振ったかと思うと、ふわりと舞い上がる。

夕日色の竜眼に怒りと戸惑いの色を浮かべた朱色の竜に躍りかかられても、ジークヴァルドは身動き一つしなかった。そのままずらりと鋭い歯が並ぶ竜の顎が、ジークヴァルドの首元に食らいつき、痛みを覚える。――はずだった。

『何だ？　これは……。俺は、噛みついたはずだ！　どうして傷がつかない……⁉』

困惑したようにアレクシスが舞い上がって離れる。思っていた通りの反応に、ジークヴァルドもまた大きく息を吐いた。

『俺も貴方に噛みついた時に、感触がしなかった。そして貴方も何事もなかったように飛んでいた。――つまりは、そういうことだ』

『そんな……ことは……、そんな覚えは……』

迷ったような口ぶりのアレクシスの輪郭がじわりとぶれ始める。自分自身の存在のあやふやさをようやく疑い始めてきたのかもしれない。

(追い払うことに力を使うよりも、この場の力の調整をした方が消えるか)

ジークヴァルドはそう決めると、ゆっくりと翼を広げた。視線の先の朱金の竜は出て行った頃と何一つ変わらない、日の光にも似た温かな色だ。

『アレクシス殿、この前セバスティアンが渡した栗の味は、どうだった？』

もう一押し、とばかりに問いかける。

『栗……。栗か……』

アレクシスが口の中で反芻するかのように、何度もその言葉を呟く。

『――ああ、ああそうか……味がしなかった。言われてみれば、甘味も触感も何一つ、感じられなかった……！』

空を仰ぐようにアレクシスが首をもたげる。空は快晴で、暖かな秋の日差しが降り注いでいた。

ジークヴァルドは翼を大きく羽ばたかせると、その勇壮な朱金の竜をも呑む込むような青白い氷の風を引き起こした。所々六角形の柱が倒れ、緑柱石のタイルが崩れたその場所を、優しく包み込むようにゆっくりと覆っていく。

『――貴方の番が必ず【庭】に連れ帰ってくれる。俺も、セバスティアンも、貴方の知己も帰ってくるのを心待ちにしている』

アレクシスはぱちりと目を瞬いた。そうして愛しむように夕日色の瞳を閉じる。

『番、か。あいつは、怒るだろうなあ……』

音一つたてることなく青白い風が【礎】の滝周辺を通り過ぎると、アレクシスの姿はまるで炎の火が消えるかのようにふっと姿を消した。

＊＊＊

「駄目だ。血が止まらない」

蒼白（そうはく）になったユリウスが、柔らかい草の上に横たわったエステルの腕に包帯を巻きながら、呟く。きつく締め上げられて顔をしかめたエステルは、若干朦朧（もうろう）としつつ弟を見上げた。

川が流れる音がしているが、それほど近くには聞こえない。おそらくあまり【礎】の滝から離れていない森の中だ。木々の間隙（かんげき）から、日の光が時々差し込んでくる。

「ジークヴァルド様は大丈夫だと思う？　アレクシス様を……」

「うん、きっと大丈夫。アレクシス様を追い返して、【礎】の辺りの力の調整もしてすぐに追いついてくるよ」

脂汗の滲んだ額に、ユリウスが水を含ませた布を載せてくれる。

その背後から青年姿のセバスティアンが心配そうに覗き込んでくるのが見えた。

「ユリウス、あれ使えないかなぁ？　さっきの薬泉で引っこ抜いてきた薬草。血止めの効果もあったはずだけれども」

「人間には逆に毒になる、とかいうことはありませんか？」

「ええと……確か、一枚くらいだったら飲んでも大丈夫だったと思う」

「確か？　そんな曖昧な記憶のものを、エステルに飲ませられるわけがありません」

「ひどい……。僕の記憶を信じてくれたっていいのに！」

ぎゃあぎゃあと騒ぐユリウスたちに、エステルは思わず笑ってしまった。しかしながら、笑った拍子に腕が痛んで、顔をしかめる。それに気づいたユリウスが眉を顰めた。

「何を笑ってるのさ。痛いくせに」

「ごめんなさい……。でも、ちょっと安心して」

いつも通りのやり取りは先ほど感じた恐れを払しょくするようで、安堵する。

「ベッティル様は、どうなったと思う？」

「知らないよ。もういいから、黙って」

「喋って気を紛らわせていないと痛いのよ」

竜騎士になっていたとしても、治りが早いだけで感じる痛みは同じなのだろう。

ユリウスが険しい顔で押し黙ってしまったので、眉を下げているセバスティアンの方へと目を向ける。

「ベッティル様はどこへ流されていったんですか？」

「どこって言っても、ちょっとわからないなあ。あれ、下で何本も分かれて支流に流れ込んでいるから、どこに出るかわからないんだよ」

困ったように眉を寄せたセバスティアンが、おそらくベッティルが流された急流の方へと目を向けた。

「無事でしょうか？」

「いくら力の弱い竜でも、流されたくらいじゃ死なないと思う。エステルは無事でいてほしいの？」

「……わかりません」

食われようとしたことは純粋に怖い。【礎】の竜を傷つけたことにも憤りを感じる。だが、死んでもいいとまでは思っていないのだ。

「ベッティル様は、どうして……力が欲しかったんでしょうか？」

あれだけ執拗に欲しがっているのは、どういう理由だったのだろう。

セバスティアンが、肩をすくめた。

「うぅん……、竜って元々強い力に憧れがある生き物だからなぁ。普通は同じくらいの力の竜としか交流しないから憧れだけで済むものだけど、それがジークなんていう飛び切り強い竜の長に会っちゃったもんだから、すごく力が欲しくなっちゃったのかも」

エステルは愕然として大きく目を見開いた。

（そんな単純な理由でわたしは食べられるところだったの!?　いやいや単純、なんて思ったら失礼よ。竜にとってはすごく重要なことなのかもしれないし）

竜と人との常識が違うのだから、簡単に批判してはいけない。口に出さなかっただけよしとしていると、セバスティアンがふっと【礎】とは真逆の方へと顔を向けた。

「うえぇ……まずい、かも。手当てするからって、川から近い所にするんじゃなかったかな」

「誰かが近づいてきますか？　ジークヴァルド様じゃないんですね？」

ユリウスが身を起こそうとしたエステルを助けてくれながら、険しい表情を浮かべる。

「うん、違う」

ざわざわと木々の葉が揺れる。セバスティアンが揺らしているのかそれとも風なのか判断がつかなかったが、それでも何か得体のしれないものが近づいているような緊張感を覚えた。

ふいに前方の茂みが大きく揺れた。ユリウスが咄嗟にかばうように抱きしめてきて、セバスティアンが前に出る。

がさがさっと揺れてぱっと飛び出してきたのは、茶色く長い耳を持ったウサギだった。一気に緊張が緩む。ユリウスがほっと息をついた。

「……ウサギじゃないですか。驚かせないで……っ！」

安堵した次の瞬間、それを追いかけるように薄紫色の小型の竜が頭を出した。

（――っベッティル様！）

すさまじい執念に、さっと青ざめたエステルの目の前で、ベッティルが水に濡れた体をぶるりと振るう。

『番の血の匂い！　見つけたっ……。――!?』

歓喜の声を上げたベッティルの頭上でみしみしと枝が鳴り、何か大きなものが落ちてくる。

枝ごとベッティルを後ろ足で押し潰しながら降りて来たのは、銀に一滴の青を垂らしたかのような鱗の竜――ジークヴァルドだった。

『お前は――何度追い払えば理解する？　人を、俺の番を食おうとするな。……いい加減にしろ』

ふうっとジークヴァルドが白い息を吐くと、それが瞬く間に金色の光の環となった。

見覚えのあるそれに、エステルはユリウスの腕を動く方の手で強く握りしめた。

（あれは……、ルドヴィック様に先代の長が嵌めた……）

力を制限し、空高く舞うこともできずに地を這うように飛ぶことしかできなくなる、戒めの金のトルクだ。確か、竜にとっては何よりの屈辱を与えるものらしい。

ふっと金の環が、ジークヴァルドに体を踏みつけられたベッティルの首に嵌められる。

『……っ!!　ジーク、ヴァルド様、取って、取って！　いやだ、長、嫌だいやだいやだっ。取ってよおっ』

悲鳴じみた声を上げて、ベッティルがトルクを前足で取ろうとしてかきむしる。

常に首を軽く絞められるということだから、息苦しいのだろう。短い息を繰り返し、いくらも経たないうちにベッティルは大人しくなった。

（お、終わった……？）

ほっとしたような、憐みを覚えてしまうような、複雑な気分がこみ上げてきたエステルは、それでも気を落ち着かせるように大きく息を吐いた。

ベッティルが諦めきったように、地に伏したまま動かなくなると、ようやくジークヴァルドがその身を押さえつけるのをやめて、人の姿へと変わった。そうして、エステルたちの元へと足早にやってくる。

「怪我の状態はどうだ？」

「……痛いです」

木にもたれかかるように座らされたエステルは、心配そうにすぐ傍に膝をついたジークヴァルドを見て苦笑いをした。反対側に座り込んだユリウスが溜息をつく。

「血が止まらないんです。いくら傷が深くても、竜騎士なんですから、血が止まらなくなるということはありませんよね？」

「そういうものらしいが……」

ジークヴァルドが眉を顰めたまま、じわじわと血が滲んでいくエステルの包帯に視線を落とす。

「ねえねえ、ジーク。竜騎士の契約、きちんとやり直したよね？」

セバスティアンが悔しげに地をがりがりとかくベッティルをちらちらと気にしながら、そう問いかけてきた。

「ああ、形式的なものはやった。やったが……。そうか、もしかすると……」

ジークヴァルドが何かに気づいたように、顔を上げた。

「エステル、耳飾りを借りるぞ」

「どうするんですか？」

何をするのかと思っている間に、ジークヴァルドはエステルの鱗があしらわれた耳飾りを外した。そうして自分の指先を歯で傷つけると、銀に一滴の青を混ぜたような鱗に、血を垂らした。一瞬だけ鱗の色が変わり、すぐに元の銀色に戻る。そうしたかと思うと、耳飾りを差し出された。

「これを飲め」

「それ、竜騎士の契約の鱗ですよね？」

「ああ。お前は竜騎士の契約の時に、鱗を一枚全て飲まなかっただろう」

「はい、小指の爪くらいの量しか飲んでいません。落としてしまったので……」

ジークヴァルドの背中という不安定な場所で飲もうとしたせいで、ほぼ粉々に砕いてしまった鱗の大半を落としたのだ。

「おそらく血が止まらないのはそのせいだ。分け与えられた力を取り込んでいても、芯の方まで行きわたっていないか、影響が薄いのだろう」

エステルはまじまじと鱗を見つめ、そっと受け取った。

「もしかして……さっき洞穴の中で力にあてられてしまったのも、そのせいですか？」

あの時は頭がくらくらとして、まるで船酔いをしたように気分が悪くなったのを思い出す。

「そうかもしれないな」

ジークヴァルドの言葉を聞きながら、エステルは手にした耳飾りを矯めつ眇めつ眺めた後、耳飾りから鱗を外そうとしてうまくいかず、困ったように傍らのユリウスを振り返った。

「ごめん、ユリウス、鱗を外してくれる？　片手じゃ無理そう」

「え、俺の手で外してもいいの？　他の人間が触るのはあまりよく――。あ」

ユリウスが顔をしかめて渋っていると、ふいに横合いからジークヴァルドが鱗を取り上げた。

「その腕では無理だったな。俺が飲ませよう」

そう言うなり、ジークヴァルドは耳飾りから鱗を一枚外すと、エステルの口元に差し出してきた。その行動に瞠目していたエステルは、一気に真っ赤になる。

（え、飲めって？　このまま？　ジークヴァルド様の手から？　ユリウスたちが見ているのに？）

別の意味で血が止まらなくなりそうだ。痛みさえも遠のいて行く気がする。あくまで気がするだけだが。

「どうした、早く口を開けろ。飲まないと、傷の治りが遅くなる」

特に他意はないのだろう。ジークヴァルドはいたって普通だ。いや、心配してくれているのか、わずかに眉が下がっているが。

「――それとも、俺の竜騎士でいるのが嫌になったか」

かすかに落胆したような響きが混じる声に、エステルは慌てて首を激しく横に振った。

意を決して小さく口を開けると、ひやりとした鱗と少し柔らかいジークヴァルドの指先が唇に触れて押し込まれた。ごくんと鱗を飲み下すと、以前鱗を飲んだ時のようにかっと喉が熱くはなったが、焼けるほどでも、ましてや息苦しくなるようなこともなかった。

「大丈夫そうか？」

ジークヴァルドの案じる言葉に、片手で口元を押さえてこくこくと頷くと、再び鱗を差し出された。促すような目に、なぜか追いつめられた気分になる。

（――っこ、これ、本当に一枚一枚やるの……？）

唐突に唖然としていたユリウスが勢いよく立ち上がった。

「ベッティル様を捕まえておいた方がいいですよね。後はお願いします」

弟は早口でそう言い切ると、にやにやとこちらを見守っていたセバスティアンの背を押して、ベッティルが転がっている方へ行ってしまった。

ありがたいことに見ないでいてくれるらしい。いや、ジークヴァルドのかいがいしさに、いたたまれなくて逃げ出したのか。

ちらりと鱗を差し出してくるジークヴァルドを見上げる。

「無理そうか？　もう少し小さくするか……」

思案するように目を伏せたジークヴァルドは、真剣そのものだ。しかしながら、それがどこか楽しそうに見えるのは気のせいだろうか。もしかしたらこんな風に誰かの世話を焼くのは初めてなのかもしれない。

(外してもらえれば、一人で飲めます、なんて言えない……)

エステルは羞恥(しゅうち)を押し隠しながら、最後の一枚まで、上機嫌のジークヴァルド手ずから鱗を飲ませてもらった。

エピローグ

こんこん、と扉が鳴る。

塔に与えられた自分の部屋の寝台の上でスケッチをしていたエステルは、唐突に鳴り響いたその音に、慌てて膝の上に載せていたスケッチブックを背もたれにしていた枕の下に隠した。

どうぞ、と返事をしてから、木炭を握ったままだったことに気づき、扉が全て開くよりも早く枕の下に押し込む。

「調子はどうだ？」

入ってきたのは、かすかに眉間に皺を寄せた銀の髪の青年姿のジークヴァルドだった。

「ちょっと動かしにくいですけれども、痛みは大分引きました」

包帯でぐるぐると巻かれた右腕を軽く持ち上げると、ジークヴァルドが眉間の皺を深めた。

【礎】でのあの騒動の日から三日。エステルは塔に戻ってくるなり、ジークヴァルドやユリウスたちによって、怪我が完全に治るまでは外出禁止と言い渡されたばかりではなく、寝台から出るのも禁止、もちろん絵も描いては駄目だと画材も隠されてしまい、寝台に押し込められていた。

初めの一日こそ、噛まれたことと、追加で鱗を飲んだことで体がついていけなかったのか、熱を出して寝込んでいたが、その後二日は熱も下がり傷の痛みも軽減されたため、退屈な時間を過ごしていた。そろそろ普通に生活をしたいのだが、過保護な周囲が許してくれない。

(セバスティアン様にスケッチブックをこっそり持ってきてもらったのが、ばれたわけじゃないわよね?)

ユリウスがエステルとセバスティアンの昼食を作りに行っている間に、怪我が治ったら好きなお菓子を作りますから、と頼んだのだ。

いつも傍に張り付いているユリウスが、食事の後片付けに行った隙をついて描いていたが、ここ数日、朝夕ほんのわずかだけ顔を出して、後は【礎】やアレクシスの騒動の後始末や報告を受けて忙しそうにしていたジークヴァルドがこの時間に来るとは思わず、絵を描いていたのがばれたのだろうかとひやりとする。

エステルの心配をよそに、ジークヴァルドは傍までやってくると、寝台の端に腰かけてエステルの包帯が巻かれた腕を慎重に持ち上げた。

「痕が残らないといいが……」

「痕ぐらいで済むならよかったです。食い千切られるかと思いましたし」

「――他の雄の歯の痕が番の体に残るのは、我慢がならないと言っているのだが」

ぎらりとした獰猛な目で見据えられ、背中にすっと冷や汗が流れる。

(我慢がならない、って何!? 何もしなくていいですから!)

笑みを強張らせていると、ジークヴァルドが忌々しそうに眉を顰めた。

「……お前を食おうとした、そのベッティルだがな。【奥庭】のあの者の棲み処でしばらく謹慎させることにした。お前を諦めたとしても、万が一にも、来年、お前ではない他の人間を食われてはたまらない」

「謹慎……。それって長の許しがあるまで、棲み処から一歩も出られない、ってことですよね？」

「ああ。あの戒めのトルクが嵌まっている間は、周囲の者からも遠巻きにされるだろう」

【奥庭】のあの集落で爪弾き者にされるのは、人懐っこかっただけにかなりきつそうだ。そう思ったのが顔に出ていたのだろう。ジークヴァルドが不機嫌そうに腕を握っていない方の手でエステルの額をぺちりと軽く叩いた。

「わかっているのか？　お前は死ぬかもしれなかったんだぞ。半端な同情はするな」

「大変そうだな、と思っただけです。許したわけじゃありませんから」

腕を失うところだった怖さは今思い出しても、背筋が凍る。

叩かれた額を押さえ、ジークヴァルドを軽く睨む。すると彼は眉間に皺を寄せたまま、額を押さえたエステルの手をどかさせて一度撫でると、小さく嘆息した。

「そうだ、許さなくていい。ベッティルに入れ知恵をした者もな」

「そんなことをした方がいたんですか!?　……っっ」

つい、声を上げてしまうと、ずきりと腕が痛んだ。顔をしかめてしまうと、ジークヴァルドが労わるように肩を撫でてくれた。

「クリスが聞き取ったことによると、冗談のつもりだったらしい。魅了の力がある長の番を食べれば力が増すのでは？　とな。ベッティルが真に受けたことを聞いて、青ざめて謝罪に飛んできたそうだ。俺は会わなかったが」

つまりは戒めのトルクを嵌めることはないが、謝罪を受け入れて許すつもりはない、ということだろう。

「わたしはただの冗談で腕がなくなるところだったんですね……」

怒っていいのか呆れていいのかわからず、とりあえず自分も口には気をつけなければ、と思っていると、ジークヴァルドが握ったままの手を持ち上げて、包帯の上から口づけてきた。

「そうだな。この腕がなくならなくて本当によかった」

唇の感触を感じることはないはずなのに、布越しに感じられるジークヴァルドの体温に思わず顔が赤くなる。

「ほ、包帯を取って、傷を舐めたりしたら駄目ですからね」

「お前は俺の番になってくれるのだろう。たとえ血が口に入ったとしても、特に困ることはないと思うが」

「それとこれとは話が別です！」

頬を紅潮させたまま、恨みがましげにジークヴァルドを見上げる。

竜にとっては他人の傷を舐めるのは手当ての一環でもあるというのはわかっているが、とてつもなく心臓に悪いからやめてほしい。

エステルの訴えに、ジークヴァルドは眉間に寄った皺をなおのこと深めた。

「人と治療の仕方が違うのは理解しているが……。お前が傷ついているのを見ると、どうしてもそうしたくなる」

淡々とした声音に、エステルはぐっと言葉を詰まらせた。

（そうしたくなるって、どういうことなんですか！　く、唇が触れるのが恥ずかしいからちょっとやめてほしいんだけれども……。これは言っても理解してもらえるの？）

ジークヴァルドにとっては消毒だ。何が恥ずかしいのかよくわからないだろう。こういうところが竜と人との違いが出てくるのかもしれない。

どう言ったものかとエステルが考え込み始めると、ふいにおっとりとした声が扉の方から割り込んできた。

「――番が傷つくと、舐めて治そうとするのは竜の本能のようなものですからね」

はっとしてそちらを見ると、黒髪を緩く後ろで束ねた一人の知的な印象の青年が扉の傍で佇んでいた。片眼鏡の奥の黒曜石のような竜眼が柔らかく細められている。

「クリストフェル様、いたんですか!?」

「はい、初めからいましたよ」

全く気づかなかった。ジークヴァルドも言ってくれればいいのにと、赤面したまま睨む。いや、気配を気づかせないクリストフェルもクリストフェルだが。

「あの……本能っていうことは、傷の消毒をするのに舐めるのは番に対してだけなんですか？」

気を取り直し、エステルは問い質すかのように声を上げた。

「ええはい、もちろんです。自分は別としても、愛するもの――我が子や番にしかしない行動です。たとえジーク様がお怪我をされたとしても、私はそうしたいとは全く思いません」

にこにこと微笑むクリストフェルに、だから諦めてくださいね、とでも言われたようで、エステルは顔を引きつらせた。

「もしかして……、クリストフェル様、知っていました？」

ジークヴァルドがエステルの傷を舐め、もしかしたら番の儀式が半分成立してしまったかもしれない、ということをこのジークヴァルドの配下の黒竜はすでに知っていたのだろうか。

「何をでしょうか？」

笑みを深めるクリストフェルに、エステルは怖くなってそれ以上聞くことはやめた。あまり突っ込むと何だか怖い話が沢山出てきそうだ。

「……すみません、もういいです」

「そうですか？　まあ、それはそれとして……。ご報告が」

ひょいと肩をすくめたクリストフェルは、一つ咳ばらいをしたかと思うと、少し陰りのある笑みを浮かべた。

「アレクシス様のことですが、あの方の番から報告が来ました。ジーク様が貴女にも教えるようにとのことですので、お話しに来たのですよ」

アレクシス、と聞いてエステルは居住まいを正した。

ジークヴァルドからは、アレクシスは自分が亡くなったことをきちんと理解して消えたと聞かされているが、あれだけ竜騎士を欲しがったのだ。何があったのか詳細を知りたい。

「アレクシス様は竜騎士の国で、崩落にあったとの話は聞いていますね」

「はい。竜騎士の方と一緒に巻き込まれて、その怪我がもとで亡くなられたと、聞きました」

それを竜騎士の国の者は【庭】に知らせることをしなかったのだ。憤りに軽く唇を噛みしめると、クリストフェルは眉を顰めた。

「それは偽りです。アレクシス様は……亡くなってはおられませんでした」

「……………え？　すみません、もう一度お願いします」

一度で理解できず、聞き返してしまうと、クリストフェルは盛大な溜息をついた。

「アレクシス様は生きていらっしゃいます。あの国の者は、アレクシス様が崩落に巻き込まれて竜騎士ともども地下に閉じ込められてしまったのをいいことに、そのまま【庭】に助けも求めず、幽閉まがいのことをしていたのですよ」

エステルは瞠目して、思わず確認するようにジークヴァルドを見上げてしまった。

「ほ、本当なんですか？」

「ああ。地下から出られなくなってすぐに、竜騎士から契約を切れと懇願されたそうだが、アレクシス殿は切らなかったそうだ。切れば本来の力が出せ、脱出も可能だが、瀕死だった竜騎士は分け与えられた力を元に戻されるのだから、死ぬのは確実だ。どうしてもできなかったらしい。そのまま助けを待っていた」

――竜騎士にするのなら、素直で実直な、竜を前にしても物怖じせずにはっきりと意見を言い合える者がいい。竜を主ではなく、敬う対象でもなく、友だと思って共に笑って過ごしてくれるような者だ。

アレクシスが竜騎士について語っていた言葉が頭に浮かんだ。竜騎士ではなく、友人として付き合っていたのなら、見殺しにはできなかったのだろう。ぎゅっと胸が痛みを覚える。

「……でも、助けが来なかったんですね」

クリストフェルが小さく嘆息して頷いた。

「はい。竜騎士が亡くなってしまうと、今度は国の者が竜騎士の家族の命を盾にとって、その場に留まるようにと願ったとか。そのうち、体が弱って外に出られなくなったそうです。竜は水と光で生きる生き物ですから、水はともかく、光の届かない地下では……。番の方が見つけ出すのがあともう少し遅ければ、危ないところでした」

エステルは安堵の溜息をついたが、あまりの人間の身勝手さに気分が悪くなる。

「ジークヴァルド様がもしかしたら、竜騎士の命を盾にとって別の人間と契約を結ぶようにと迫ったかもしれない、とは予想していましたけれども……。それよりも酷い気がします」

竜は自由を貴ぶ生き物だ。それでも人間といることを好み、その自然の力を人間へと貸してくれるのだ。竜の慈悲を利用し、幽閉してしまうなど、あってはならない。

「あの国は混乱していることだろうな。アレクシス殿の番が怒り狂って、なりふり構わずアレクシス殿を助けたらしいからな。どんなことになっていようと、自業自得だ」

ジークヴァルドが皮肉げに笑うのに、エステルは顔を強ばらせた。

「あの、その国への処罰は……」

「今あの国には竜騎士が二人ほどいたはずだが、見限って契約を切るかどうかはその主竜たちの判断に任せる。アレクシス殿も番が被害を与えたことで留飲を下げることにしたようだ。ただ、竜騎士選定への参加はしばらく控えさせる」

アレクシスの番が蹂躙した土地はどんな被害が出ているのかわからないが、竜を蔑ろにしたのだから、当然の報いだろう。竜騎士を国に見殺しにされたアレクシスの失望は計り知れないが。

「あ、でも、亡くなられていないのなら【庭】にいたアレクシス様は何だったんですか？」

「亡霊と同じ、思念と力が混ざったものだな。……人の言葉でいうと、生霊、か？　ああ、

【庭】での出来事は一応、覚えているそうだ。最後の悪あがきで帰りたいと願っていたら、帰っていたらしい。ただ、記憶が曖昧で助けを呼ぶことさえも思い出さなかったそうだが」

「……番の方のことも思い出さなかったのは、すごく怒っていそうですね」

アレクシスの口から番という言葉を聞いたことがないので、おそらく思い出さなかったのだろう。それはそれで薄情だと責めたくなる。

(【庭】に帰れなくなったのが後ろめたくて、意識的に思い出さなかったのかしら……)

エステルの言いたいことがわかったのか、クリストフェルがくすくすと笑った。

「アレクシス様は体力が回復されましたら、【庭】へ戻られるそうです。それまで番の方がお傍で世話を焼くそうですから、ご心配なく」

「それなら……よかった」

どうやら番の絆は無事だったらしい。なりふり構わずアレクシスを助けようとする時点で、関係が破綻するような想いは抱いていなかったのだろうが。

エステルがほっと胸を撫で下ろしていると、ふいにクリストフェルが何かを思い出したかのようにぽん、と両手を打ち合わせた。

「そうでした。番と言えば、これを言い忘れていました。——ありがとうございます」

いつも微笑んでいるクリストフェルだが、それでも心から晴れやかな笑みがその顔に浮かび、何の礼を言われたのかわからずに、エステルはぎょっとした。

「は、はい？」

「ジーク様の番になってくださるとのことで。配下を代表して、心よりお喜び申し上げます」

胸に手を当てて頭を下げるクリストフェルに、まさか祝いの言葉を貰えるとは思わなかったエステルは唖然として見つめた。

「——ありがとう、ございます？」

とりあえず礼を口にしてみたが、ありがとうでよかったのだろうかと、首を傾げていると、傍に座っていたジークヴァルドに肩を引き寄せられた。

「ただな。番になると決めてくれたのは嬉しいが、番の誓いの儀式は残念だが先送りになる」

「どうしてですか？」

エステルの決意が鈍らないうちにすぐに儀式を済ませてしまうだろうと思っていたが、なぜなのだろうか。

「番の誓いの儀式は【礎】で行われる。だが、【礎】の周辺が荒れ果ててしまっているだろう。修復はすぐには終わらない」

「あ……そうなんですね」

自然と修復されるのか、それとも竜たちが修復するのかわからないが、それでもあの有り様ではすぐに元に戻らないのは理解できる。ただ、番になると意気込んでいた分、少し拍子抜けしてしまった。

ほっとしたような、がっかりしたような、複雑な気分でいると、ジークヴァルドに怪我をした方の手を指を絡めとるように握られた。

「お前には一年後――来年の竜騎士選定の辺りに返事を貰うと言ったな。その頃には【礎】も元に戻っているだろう。その時に儀式を行おうと思う。――それでどうだ」

真摯に見据えてくる藍色の竜眼に、エステルはぱちぱちと目を瞬いた。

(どうだ、って……。あ、わたしの希望を聞いてくれているのね)

勝手に話を進めるのではなく、一応話は決まっていても、きちんと聞いてくれるのは素直に嬉しい。出会ったばかりの頃の言葉の少なさが嘘のようだ。

「――はい、お願いします」

握られた手を少しだけ照れくさそうに笑いながら握り返すと、ジークヴァルドも柔らかく目を細めてくれた。

「それでは、番の誓いの儀式は来年の竜騎士選定を終えた後、ということで。色々と準備もありますが……。――まあ、その前にエステルが怪我を早く治すことが先決ですね。ジーク様、しっかりと目を光らせておかないと駄目ですよ」

微笑ましげに見守っていたクリストフェルが、なぜか念を押すようにそう言ったかと思うと、さっさと部屋の外へと出て行ってしまった。

「わたしはあちこち歩きまわって暴れたりはしていませんよね？」

不満げにジークヴァルドを見やると、彼は小さく笑った。

「暴れてはいないが……」

ふいにジークヴァルドが身を乗り出してきた。思わず身を引いたエステルは、寝台に倒れ込みそうになり慌てて手をつこうとしたが、片手で抱え込まれ、やんわりと枕の上に頭が載った。

（え？　え？　ちょっと、待って……）

ジークヴァルドを見上げる体勢に、エステルは大きく目を見開いたまま真っ赤になった。

ジークヴァルドの腕がふっと上がり、エステルの頬に触れ――ずに頭上に伸ばされる。

（ん？　……枕の下？　……あっ、スケッチブック！）

はっと思い出したエステルは、飛び起きようとしてジークヴァルドの顎に額がぶつかりそうになり、慌てて逆戻りした。その間に枕の下に隠しておいたスケッチブックが取り出されてしまう。

「どうも部屋に入った時に慌てて何かを隠したな、とは思ったが……。やはりこれか」

スケッチブックを突きつけられて、エステルは気まずげに顔をしかめた。

「ええと、……すみません。ちょっと、退屈……いいえ、腕を動かす練習です！」

この期に及んで、言い逃れをすると、スケッチブックを寝台の脇に置いて身を起こしたジークヴァルドが盛大な溜息をついた。

「お前が絵を描く姿を見るのは好きだが、描くのは痛みが全て引いてからにしろ。先ほども痛がっていたではないか」

「でも、動かさないでいると、本当に動かなくなってしまいそうで。――アレクシス様の絵も下絵だけでも番の方に見せたかったので、早く描き上げてしまいたかったですし」

起き上がりながら溜息をつくと、ジークヴァルドの片眉がぴくりと上がった。段々と機嫌を下降させていくジークヴァルドに、エステルは焦ったように話しかけた。

「あ、アレクシス様は、ご無事でよかったですね。セバスティアン様も喜んで――」

「――どうにもその名を口にされるのは、不愉快だな」

抑揚なく言葉を遮られて、ぴたりと口を噤む。そのエステルの頬に、今度こそジークヴァルドの手が触れてきた。

「他の雄の匂いがお前につくのも不愉快だが、他の雄のためにお前が何かしようとするのも不愉快だ」

「他の雄って……アレクシス様ですよ？　番の方がちゃんといらっしゃいます。嫉妬しないでください」

「嫉妬？　これは嫉妬なのか？　このどことなく胸がむかむかとしてくるような、苛つくような不愉快な感情は。お前がアレクシス殿やベッティルを心配する度に湧き上がってきたが」

意外な言葉を聞いた、とでもいうように軽く目を見開いたジークヴァルドに、エステルの方が驚いてしまった。

(自分でもずっと気がついていなかったの!?)

確かに時々不機嫌なことはあったが、あれはエステルの身を心配していたのに加えて嫉妬していたのだろう。本竜に自覚がなかったのが驚きだが。

ジークヴァルドは何かを考えるように軽く目を伏せていたが、やがて唇の端を持ち上げて笑った。

「不愉快な感情だが、悪くはないな。俺にもそういう気持ちがあると教えてくれたようなものだ。――やはりお前だけが俺の感情を動かしてくれる」

くすりと笑ったジークヴァルドが、頬に触れていた手を滑らせてするりと首筋を撫でたかと思うと、少し間を置いた後耳に触れてすぐに離れる。それでも耳に残った冷たく硬い覚えのある感触に、エステルは目を丸くしてそれに触れた。

「これ……耳飾りですか？」

「ああ。また俺の鱗を埋め込んだ。護符としては役に立たなかったが、つけておいてくれないか」

耳元を撫でられ、くすぐったくなりながらもエステルはふとアレクシスの言葉を思い出した。

「……独占欲？」

ついぽろりと口から飛び出た言葉に慌てて口元を押さえると、ジークヴァルドがにこり、とどこかクリストフェルが腹黒いことを考えている時にも似た笑みを浮かべた。

「誰が言った？」

「……ええと、その、わたしがそう思っただけです！」

セバスティアンとアレクシスだと正直に言ったとしたら、何だか彼らが酷い目に遭いそうな気がする。

「そうか。お前がそう思ったのか。そうだな。独占欲だな。お前はいくら俺の番になるとしてもあちこちの竜に見惚れるだろうからな。印をつけておかないと戻ってこないかもしれない。わかりやすいだろう」

「そ、そうですね。あのセバスティアン様でさえも気づいて――」

流れるような言葉にうっかりと乗せられ、はっとして口を閉ざす。窺うように上目遣いでジークヴァルドを見上げると、彼は目を眇めた。

「セバスティアンか。なるほど」

「なるほど、って何かするつもりですか!? 怒ったら駄目ですからね。別にわたしはつけたくないとか思っていませんからね。……あっ、そうだ。見せたいものがあるんです」

ジークヴァルドを宥めながら、少しでも気が逸れれば、とエステルは寝台に置かれたスケッチブックを引き寄せた。

「本当はちゃんと完成させてから、見せようと思っていたんですけれども……」

目的のページを開いてジークヴァルドに絵を見せる。

林の前に静かに佇む一匹の竜の姿を描いたものだ。下絵の段階なので、ところどころ雑なのだが。

不機嫌そうだったジークヴァルドが、それを見た途端に瞠目した。

「この風景は……白銀の木の群生地か？　枝ぶりがあの木に似ている。それにこれは俺か？」

「はい。アレクシス様を描く前に、どうしてもこれだけは忘れないうちに描いておきたくて。絶対にあの風景にジークヴァルド様が似合うと思ったんです！　ちゃんと完成させたら、耳飾りのお礼に受け取ってもらえますか？」

ジークヴァルドの絵は他に見せたことはあっても、完成させたものを贈ったことはない。

喜んでもらえるのか、そうでもないのか、期待と不安を抱えながらジークヴァルドを見つめていると、彼はしばらく絵を眺めていたがやがて珍しく頬を紅潮させて照れたように笑った。

「……誰かから何かを貰うのは初めてだ。ありがとう。大切にしよう」

照れると怜悧（れいり）な顔立ちが幼くなるらしい。初めて見る表情に、ぽかんと見惚れていたエステルだったが、すぐにはにかむように笑った。

「そんなに喜んでもらえるとわたしも嬉しいです。早く完成させて――」

「エステル」

ジークヴァルドに見せていた絵を自分に向けて眺めていたエステルは、ふいに呼ばれて顔を上げ、そのまま硬直した。すっとジークヴァルドのその秀麗な顔が下がったかと思うと、首を引き寄せられてあろうことか、噛みつかれたのだ。

「――っ!? な、ななにしているんですか！ ……痛っ」

思わずジークヴァルドを押しのけてしまった途端に腕が痛み、首を噛まれた驚きも加わって涙目になってしまうと、ジークヴァルドは動揺したのか表情を固まらせた。

「いや、可愛らしくて、つい噛んでしまった。悪かった」

「ついって何なんですか、可愛いと竜は噛むんですか!?」

ジークヴァルドに可愛いなどと言われたことはない。こちらも動揺と羞恥に真っ赤になったまま問い詰めるように叫んでしまう。

「噛むとは言っても、甘噛みだ。痛くはなかっただろう。人間は噛まないのか？」

「噛みませんよ！ ……多分」

最後が自信なさげになってしまったのは、恋人も婚約者もいなかったからだ。どういうやり取りをするのか、詳しくは知らない。

ぐぐっと押し黙ってしまうと、ジークヴァルドが再び遠慮がちに頰に触れてきた。

「噛まないならば、言葉以外でお前を愛しく思う気持ちをどう伝えればいい？ 教えてくれ」

「え、それは……」

じっとジークヴァルドの形のいい薄い唇を見つめてしまい、これを言うのかどうするのかとぐるぐると考え始めた時だった。

唐突にばんっ、と勢いよく扉が開いたかと思うと、眉を思い切り下げた青年姿のセバスティ

アンが飛び込んできた。

「エステル、ごめん！　ユリウスにスケッチブックのことばれちゃった……っ。あ」

寝台の上で寄り添うエステルたちを見つけたセバスティアンの表情が盛大に引きつった。そのままくるりと回れ右をしたかと思うと、脱兎のごとく逃げ出して行く。

「ジークに殺される！」

そんな声が聞こえた気がしたが、途中で転んだのか、ユリウスに取っ捕まったのか、悲鳴にかき消えた。

「……さっさとリンダールに戻ればいいものを」

いかにも邪魔だ、とでもいうように呟いたジークヴァルドに、エステルは思わず笑ってしまった。

「番の誓いの儀式を終えるまでは、無理だと思います」

それまでにも色々とありそうだが。

ジークヴァルドが心底面倒そうに顔をしかめたので、並んで横に腰かけたエステルは、勇気を振り絞って身を乗り出すと、その頬に軽く唇を寄せた。

あとがき

はじめまして。またはお久しぶりです。紫月恵里です。

高所恐怖症の箱入り令嬢、二巻目です！

まさか続きが出せるとは思わず、読者様には本当に感謝しかありません。

一巻目が発売された後、いつも以上に楽しんでもらえるかどうか心配して緊張していたところへ、担当さんからの続刊決定のお知らせで、すごくあたふたとしてしまいました。

さて、今作ですが、引き続き竜の国の中でのお話です。

一巻以上に竜だらけです。そして、飛びまくっていますが、主人公にとっては、いいのか悪いのか……。一応、竜好き主人公としては嬉しいとは思います。作中では色々と大変な目に遭っていますが。

竜だらけといえば、竜と爬虫類を一緒にするのもどうかとは思うのですが、今年はなぜか自宅にヤモリが大量発生しました。リビングに出没、キッチンに出没、玄関に、お風呂場、トイレ……とあらゆるところにいました。数年前からちらちらと見かけてはいましたが、こんなに沢山出てきたのは初めてです。

どこかで一斉に卵が孵ったのかもしれませんが、不意打ちで出てくるので、かなり驚きます。暗がりで見ると、枯れ葉が落ちているように見えたりするので……。

形が似ているものを書いていると、惹かれて寄ってくるのでは？　とちょっと疑ってしまいました（前作の幽霊話では、夜中にいきなり停電したんですよね……）。


紙面も尽きてきましたので、ここからは謝辞を。

今回も泣きたくなるくらいに原稿が仕上がらずに、担当様及び、イラストを引き受けていただきました椎名咲月先生にはご迷惑をおかけしました。ヒロインの髪色が変わると頭ではわかっていたものの、実際にカラーで見ると予想以上の威力で何だか得をした気分になりました。繊細で美麗なイラストを本当にありがとうございます。

そしてこの作品を製作するにあたってご尽力頂きました方々にもお礼申し上げます。

最後に、沢山の作品の中から拙作を手に取っていただきました読者様に感謝を。

箱入り令嬢と何だかちょっと丸くなってきた竜とのお話を、貴重なお時間に少しでも楽しんでいただけましたら、嬉しいです。

それでは、またお目にかかれることを、願いつつ。

紫月　恵里

IRIS
ICHIJINSHA

クランツ竜騎士家の箱入り令嬢2
箱から出たら竜に追いかけられています

2021年2月1日　初版発行

著　者■紫月恵里

発行者■野内雅宏

発行所■株式会社一迅社
〒160-0022
東京都新宿区新宿3-1-13
京王新宿追分ビル5F
電話03-5312-7432（編集）
電話03-5312-6150（販売）

発売元：株式会社講談社
（講談社・一迅社）

印刷所・製本■大日本印刷株式会社

ＤＴＰ■株式会社三協美術

装　幀■AFTERGLOW

ISBN978-4-7580-9329-3

この本を読んでのご意見
ご感想などをお寄せください。

おたよりの宛て先

〒160-0022
東京都新宿区新宿3-1-13
京王新宿追分ビル5F
株式会社一迅社　ノベル編集部
紫月恵里 先生・椎名咲月 先生